dear+ novel
renaishousetsukawa koiga futokui ・・・・・・・・・・・・・・・・・

恋愛小説家は恋が不得意

月村　奎

新書館ディアプラス文庫

恋愛小説家は恋が不得意

contents

illustration：木下けい子

恋愛小説家は恋が不得意

renaishousetsukawa
koiga futokui

1

インタビューを受けるために訪れた出版社の会議室で、屋敷夏生《やしきかお》は眼鏡《めがね》を直しながらため息をついた。

二十七にもなっておおっぴらに人見知りを自称するのも情けないが、夏生は人付きあいがあまり得意ではなく、こういう場ではいつも気後れしてしまう。

「大丈夫？　疲れてる？」

隣に座った相方の春名洸史郎《はるなこうしろう》が、身を乗り出して顔を覗き込んできた。かれこれ二十年に渡って見慣れた顔なのに、スーツの似合う端正なまなざしで間近に見つめられると、なんとなくドキッとしてしまう。それを気取られまいと夏生はぶっきらぼうに返した。

「疲れてるのはそっちだろ。一日仕事したあとに、副業のインタビューまで」

「副業とか言わないでよ。俺にとってはどっちも本業だよ」

切れ長の目にくっきりとした眉《まゆ》。男っぽい顔立ちなのに、笑うと極上の癒《いや》しオーラが漂《ただよ》うのは反則だと思う。

眩《まぶ》しすぎて見つめ続けることができず、ふいと視線を逸《そ》らして正面を向くと、都会の夜を背景にした窓ガラスに二人の姿が映《うつ》っている。

水色のシャツに白のニットを合わせ、洗いっぱなしのやわらかい髪がふわふわした学生のような夏生と、黒髪をワックスで整えてスーツに身を包んだ洸史郎は、とても同い年には見えない。

夏生と洸史郎は、「春夏秋冬《しゅんかしゅうとう》」というユニット名で恋愛小説を書いており、商業デビューしてかれこれ六年ほどになる。

ノックとともに会議室のドアが開いて、女性二人が入ってきた。一人は担当編集者の小倉美織《おぐらみおり》だった。人見知りの夏生も、デビュー前からのつきあいであるこのサバサバした姉のような編集者にはそれなりに気を許していた。

「お待たせしてすみません。こちら、今日のインタビューを担当する『ベリーベリー』の編集者、久保田梨絵《くぼたりえ》さんです。久保田さん、こちらが春夏秋冬の屋敷先生と春名先生」

ファッション誌の編集者と夏生たちを、小倉がそれぞれに紹介してくれる。

立ち上がって挨拶《あいさつ》をする夏生と洸史郎を見あげて、小柄《こがら》な久保田は「わぁ」と高揚《こうよう》した声をあげた。

「お二人ともイケメンで高身長で、アイドルみたいですね！」

この手の反応をされるたびに、夏生は反応に困る。百七十七センチはいまどき高身長の部類に入るのだろうか。まあ低くはないだろうが、百八十五センチの洸史郎の隣にいると、自分が高身長だという自覚は持てない。

高身長以上に、イケメン云々《うんぬん》というのがありえない。根暗でコミュ障でぼっちで、生まれてこのかた一度たりとも恋愛的な好意を寄せられた経験もない夏生は、作家デビューしてからやたらとルックスをフォーカスされることに違和感を覚えている。大方、隣でキラキラしている男のオーラのせいで、人々の認知能力に歪《ゆが》みが生じるのだろう。

そんなことをぼんやり考えていたら、名刺交換をしていた洸史郎と久保田がいつのまにか着席して、一人仏頂面《ぶっちょうづら》で立っている夏生を見つめていた。

目立つことがなにより苦手な夏生は慌てて腰を下ろしたが、焦《あせ》って椅子への距離感を誤り、床に尻もちをついた。

「……ってて」

「屋敷先生！」

「大丈夫ですか？」

女性編集者たちに口々に声をかけられて、恥ずかしさに顔が赤らむ。

「……すみません、失礼しました」

ぼそぼそ言って身を起こそうとすると、洸史郎が手をのばしてきた。

「平気か？」

スーツ姿のイケメンが腰をかがめて苦笑いで片手を差し出してくる絵面《えづら》は、まるで乙女ゲームのスチルのようで、夏生はムズムズしてその手をはねのけた。

「平気だ」

しかし洸史郎は懲《こ》りずに夏生の腕をひっぱり起こし、さらに背後に手を回して、尻《しり》の埃《ほこり》を払ってくれたりする。

その様子を見て、久保田が笑みを浮かべた。

「お二人は小学校から高校までずっとご一緒の幼馴染みだと伺《うかが》っていますけど、本当に仲がいいんですね」

高身長でイケメン。そして幼馴染みで仲良し。おそらく人間は、自分が見たい幻影を勝手に見る生き物なのだ。

「……学校が同じだったのは事実ですが、高校を卒業するまでの十二年間に、多分四回くらいしかしゃべったことなかったと思います」

「あら、そうなんですか」

夏生がぼそぼそと幻想を打ち砕《くだ》くと、一瞬微妙な空気になる。

その空気を断ち切るように、洸史郎が夏生の肩を親しげに叩きながら言った。

「屋敷はご覧の通り口数が少ないので」

仲が悪かったわけではなく、夏生が寡黙《かもく》なだけだとアピールする。

「口数も少ないけど食も細くて、給食もしょっちゅう残してたんですよ。特に魚介系が苦手で」

「まあ、お詳《くわ》しいんですね！　やっぱり仲良し。じゃあこの流れで、まずはお二人の出会いからデビューまでを伺ってもいいでしょうか。これまでにもお話しされていると思いますが、うちの雑誌で初めて知る読者さんもいらっしゃると思うので」

「もちろんです。初対面のときのこと、強烈に覚えてます。屋敷は朝読書の時間に『それから』を読んでて」

「漱石《そうせき》のですか？　小一で？」

「そう。僕は『ぐりとぐら』を読んでたんですけど」

おどけて言う洸史郎に、編集者たちがクスクス笑う。実際のところ、夏生が『それから』を読んだのは小三のときだし、朝読書では絵本禁止だったから『ぐりとぐら』も作り話だ。あることないこと適当に脚色して面白《おもしろ》おかしい話に仕立てるのは洸史郎の特技だった。

学生時代のエピソードや、二人で書いた小説をｗｅｂ小説投稿サイトにアップしたこと、それが編集者の目にとまって商業デビューに至ったことなどを、洸史郎はよどみなく語った。

「騒がしくてお調子者の僕と、冷静沈着《ちんちゃく》でインドア派の屋敷と、真逆だからこそ飽《あ》きることなくつきあえて、仕事上もプラスになっていると思います」

話の途中からカメラマンが入り、インタビューの様子を撮影していく。誰の印象にも残らない凡庸《ぼんよう》な顔が、『恋愛小説家』という肩書きとともに洸史郎と一緒のフレームに収まると、謎《なぞ》の下駄をはかされて本物よりだいぶマシマシな扱《あつか》いを受けるから不思議だ。

「お二人は恋愛に特化した作風で小説を書かれていますが、ご自身の恋愛経験を生かしたりすることもあるのでしょうか。屋敷先生いかがですか？」

いつものようにほぼほぼ洸史郎に丸投げでぼうっとしていたら、さすがに夏生にもなにかしゃべらせねばと思ったのか、久保田が水を向けてきた。

「……いや、生かせるような恋愛経験は皆無なので、だいたい妄想で書いています」

正直に答えると、久保田は目を丸くした。

「妄想であんなにきゅんとするラブストーリーを書けるものなんですか？」

「まあ足りないところは経験豊富な春名に補ってもらう感じで」

夏生が言うと、

「そこがコンビのいいところです」

洸史郎は白い歯を見せて爽《さわ》やかに微笑《ほほえ》み、夏生の手を摑んで勝手にシェイクしてみせた。カメラマンがその瞬間を連写する。

「素敵です！　タイプの違う幼馴染みコンビ、萌えます」

うっとりと言う久保田に困惑しながら、夏生は洸史郎の手の中から、汗ばんだ自分の手を引き抜いた。

インタビューはつつがなく進んだ。

「本当はこのあとお食事にでもと思っていたんですけど」

久保田が残念そうに言う。

「事前にお声がけいただいたのにすみません。うちの屋敷は人見知りで、慣れない人の前だと食事が喉を通らないので」

「そうなんですね。残念です」

「僕一人ならいつでもウェルカムなんですけど」

「あら♡」

「春名先生、弊社《へいしゃ》社員とのスキャンダルはご遠慮《えんりょ》願います」

横から小倉が茶々を入れ、場は笑いに包まれる。夏生だけが笑いの波に乗ることができずにいたが、それでも空気が悪くならないのは、洸史郎が夏生の肩に手を回して、いかにも親しげな素振《そぶ》りで夏生がその場に馴染んでいるように演出してくれるせいだ。

「夕飯、買って帰ってマンションで食おうか。なにか食べたいものある?」

トレンチコートを羽織りながら洸史郎が夏生に訊《たず》ねてくる。そのやりとりが聞こえたらしく、久保田が興味深げに割って入ってきた。

「もしやお二人はご一緒に暮らしてらっしゃるんですか?」

「一緒というか、同じマンションの階違いに」

洸史郎が答えると、久保田は感心したような表情になった。

「私、どんなに仲のいい友達とでも同じ物件っていう距離感は無理って思っちゃいますけど、お二人は本当に仲良しなんですね」

「仲良しとか関係ないです。あくまで仕事上の利便性を考えてのことですから」

口数の少ない夏生が急にきっぱり断言したせいで、一瞬場が固まる。それをすぐに溶かしたのも洸史郎だった。

「仲良しって言われてそんな嫌がることないだろ。仲良きことは美しきかなってな？」

自分のマフラーを夏生の首にぐるぐる巻きつけながら、笑顔で機嫌をとってくる。

「腹減ってイラついてんだろ？　じゃあ、がっつり牛丼でどう？　大盛りつゆだくで卵もつけちゃう？」

「……いいけど」

嫌がっているわけではない。久保田の発言に強めに反応してしまったのは、余計な指摘で洸史郎が我に返り、確かにひとつ屋根の下というのは距離感がおかしいと気付いて、引っ越すなどと言い出したら困るからだ。

出版社をあとにして、二人で駅へと向かう。一人で過ごすことが多い夏生は、知らない人に会うとどっと疲れてしまう。色々と質問をぶつけられるのも苦手だし、人の考えやパワーに圧倒されて心の平穏を乱されると、落ち着くまでに少し時間がかかる。

夕飯を調達して、二人はまっすぐマンションへと帰宅した。

エレベーターの壁にもたれかかって、夏生は隣のイケメンをチラリと盗み見る。洸史郎は夏生の部屋で一緒に夕飯を食べていくと言うだろうか。それともここで解散か。

知り合ってからの時間だけは長いが、夏生は自分から洸史郎を何かに誘ったことは一度もない。それがたとえば「俺の部屋でご飯を食べていかないか?」という程度のことでも。

夏生の部屋は五階で、洸史郎は七階。五階でエレベーターの扉が開くと、あたりまえのように洸史郎もドアに向かって一歩踏み出したので、心の中でガッツポーズをした。

しかしその瞬間、洸史郎の電話がのどかな着信音を響かせた。

洸史郎はジャケットのポケットからスマホを取り出し、電話に応じる。

「ミキちゃん? 久しぶり。え、今? 大丈夫だけど」

彼女なのか遊び友達なのかは知らない。とにかく洸史郎の交友関係は昔から広い。

楽しげに通話を続ける洸史郎に、夏生は「じゃあな」と軽く片手をあげ、エレベーターを降りて自分の部屋の鍵《かぎ》を開けた。

ドアを開け、冷え切った1Kの部屋に足を踏み入れると、様々な感情にとらわれて、そのまま突き当たりのベッドに倒れ込んだ。

今日の取材もろくにしゃべれなかったけれど大丈夫だろうか。また陰気な写真うつりで姉たちにダメ出しされたりしないだろうか。

洸史郎はこのあとさっきのミキちゃんとやらと出かけるのかな?

まさかあの編集者の発言を真に受けて、引っ越しを検討《けんとう》したりしないよな？

些細《ささい》なことから些細なことまで……いやもうつまり些細なことばかりの散漫な思考がモグラたたきのモグラのようにひょこひょこと顔を出し、夏生を疲労困憊《こんぱい》させる。

しばらくそこでベッドと同化したあと、夏生はむくりと起き上がり、デスクに向かった。パソコンを立ち上げて、今の波立った心のうちをそのままメモする。

幸か不幸か、作家という仕事は、生きている自分自身のすべてがネタになる。経験したことはなにひとつ無駄にならないし、なんなら逆に経験値の低さからくる気後れやコンプレックスすらネタになる。

夏生が小説らしきものを書き始めたきっかけも、まさにそれだった。

モヤモヤしたものをすべてパソコン内に移送し終えて、夏生はひとつ大きなため息をついた。

『幼馴染みコンビ、萌えます』

ふと、先ほどの編集者の言葉を思い出す。

萌えだの仲良しだのと無邪気に盛り上がってくれた彼女は、夏生が洸史郎に本気の恋心を抱《いだ》いていると知ったら、どんな顔をするだろうかと想像しながら、巻いたままだった洸史郎のマフラーに顎《あご》を埋めた。

幼馴染みといっても、夏生と洸史郎は高校まではほとんど親しく話したこともなかった。

カースト云々《うんぬん》という表現は好きではないが、洸史郎はわかりやすくそういうものの頂点の陽気で賑《にぎ》やかなグループに属していて、いつも大勢の友達に囲まれていた。一方夏生は極度の人見知りで、常に一人で本を読んでいるような子供だった。純粋に読書は好きだったが、それ以上に、本は人から話しかけられないように自分を鎧《よろ》うツールであり、一人でいてもかわいそうに見えないための演出道具でもあった。

なにごともなければ一生口をきく機会もないほど両極端なタイプの二人だったが、そのなにごとかが数年に一度訪れた。さきほど久保田に話した四回くらいしかしゃべったことがないというのは、適当に言ったわけではなく、はっきりと記憶に残っているそのなにごとかの回数だった。

いちばん最初は小学校に入学して間もないある日のこと。ローファーで靴《くつ》ずれができてしまい、集団下校の集合前に藤棚《ふじだな》の下のベンチに座ってかかとを検分していたら、友達とはだしで駆けまわっていた洸史郎が、「足痛いの？　これ履《は》いて帰れば？」とぶら下げていたスポーツシューズを無造作にポイっと夏生の前に放っていったのだった。当時、野生児のようだった洸史郎にしてみれば、親切でというより、追いかけっこに邪魔な靴を放置するいいチャンスを見つけたというような感覚だったのかもしれないが、夏生は心の奥でとても感激した。

二度目は小学校四年の秋。遠足のグループ分けで、どこのグループにも誘われなかった夏生と内気な女子を洸史郎が『うちのグループを最大勢力にする』などと宣言して、自分のグループに引き入れてくれた。夏生は別に孤立を恐れてはいなかった。もともとそういう性格だし、あぶれるのは自分のその性質と日ごろの態度のせいだと自覚していた。しかし、洸史郎のさりげない男気には感銘《かんめい》を受けた。洸史郎のグループに誘われた女の子は、それを機会にグループ内に友人ができて、随分《ずいぶん》と明るくなった。

三度目は中二のプールの時間。夏生の肩に小さな緑色の芋虫《いもむし》がくっつき、みんな遠巻きにぎゃあぎゃあいうばかりで、夏生もパニックに陥《おちい》りかけたが、近くにいた洸史郎がそれをとってくれた。その芋虫を持って仲間を追い回して面白がる様子はいかにも腕白《わんぱく》なガキ大将っぽかったが、最終的にはミカンの木の葉にそれをそっと逃がし、そのさりげないやさしさに心打たれた。

出会った当初の第一印象は「うるさい」「目ざわり」だったのが、すぐに「案外いいやつ?」という印象に変わり、「楽しそう」「でも俺のことなんか眼中にないんだろうな」「生まれ変わったらああいうタイプになりたいな」などと様々に気持ちが移り変わり、気付けばいつも洸史郎を目で追うようになっていた。

四度目は高二の冬だった。昼食にいつも購買のパンを食べている洸史郎に、よく色々な女子が弁当を作ってきていた。洸史郎は相当モテて、四股《また》五股疑惑までささやかれるほどの女たらしとして名をはせていた。たまたま席が近かったときに、弁当差し入れ現場に遭遇《そうぐう》し、その様子に気を取られて、夏生は自分の弁当を床にひっくり返してしまった。それを見た洸史郎は「おっちょこちょいだな。よかったらこれ食えよ」と笑ってコロッケパンを夏生の前に置き、自分は女子の弁当を食べ始めた。

洸史郎と女子の楽しげな会話を聞きながら、コロッケパンをご馳走《ちそう》になったが、胸がつかえてちっとも飲み込めなかった。

洸史郎に恋をしていると、はっきりと自覚したのはそのときだった。さりげない親切に胸がときめき、でも自分は洸史郎にとって大勢の同級生の一人にすぎないと思い知らされて、胸の奥がすうすうした。

ひとたび自覚してみれば、恋の起点はもっとずっと昔だったのではないかと思えた。そう、あの藤棚の下で、スポーツシューズを渡されたときには、もう夏生の心は自分と真逆の属性の洸史郎にひきつけられていた。

夏生は二人の姉の影響で、少女マンガや恋愛ドラマを浴びて育った。渋々つきあいで読んでいるような顔をしていたが、実は姉たち以上にその手のものが大好きだった。あの胸をきゅうっと引き絞《しぼ》られるようなときめきを、いつの間にやら洸史郎に対して覚えるようになっていた自分に、当惑した。

読書好きの夏生は、文字を読むことだけではなく書くことも好きで、幼い頃からずっと日記をつけていた。洸史郎に施《ほどこ》された親切についても、克明に綴《つづ》ってきた。

しかし、ひとたび恋だと自覚したら、こっぱずかしくてとてもありのままの出来事を記せなくなった。

そこで日記という形式ではなく、フィクションとして、夏生は洸史郎への片想いを物語にして書き始めた。男のままだとリアルすぎるので、少女マンガふうにヒロインに置き換えて、出来事も事実とは別のシチュエーションに置き換えて、自分が感じたときめきや切なさをしたためた。

いったい何をやっているんだと、我に返って思うこともあったが、誰に見せるわけでもない。誰にも言えない、百パーセント叶うあてもない恋心を昇華させるために、それは必要な作業だった。

高校卒業が近づくと、切なさは一層募《つの》った。小学校から高校まで学校が一緒だったのは、選択肢《し》が少ないこぢんまりとした地方の街ゆえの幸運だった。夏生は東京の大学への進学を希望していたから、卒業したらもう二度と洸史郎に会うことはないだろうと思い、夜な夜な涙しては胸の内を物語に託《たく》した。

切なさの一方で、どこかほっとしてもいた。洸史郎と顔を合わせることがなくなれば、終わりのない不毛な片想いからも解放される。淋《さみ》しいのは最初だけで、きっとすぐにその存在も忘れて、心安らかに過ごせるようになるだろう。

無事第一志望の大学に合格した夏生は、末っ子の一人暮らしを心配する両親と姉のゴリ押しで、賄《まかな》い付《つ》きの学生マンションに入居することになった。

引っ越しは姉たちが車を出して手伝ってくれたが、女性二人の手伝いでは荷物運びに難儀《なんぎ》した。エントランスで収納ボックスの搬入《はんにゅう》にてこずっていたら、背後から「手伝おうか？」と聞き覚えのある声がした。

振り向いて驚愕《きょうがく》した。なんと洸史郎だった。

聞けば大学こそ違うものの、洸史郎も数日前にそのマンションに引っ越してきたのだという。

「こんな偶然ってあるんだな」

驚き顔で言って、軽々荷物を運んでくれた洸史郎に、姉たちは色めき立った。いままで家に友達一人連れてきたことのない人見知りの末っ子に、こんなイケメンな友人がいたなんてと大騒ぎだった。

「お友達が一緒なら安心ね。パパとママにも報告しておくわ！」

「弟をどうぞよろしくね！」

このときのことを洸史郎はなにかと蒸し返してきて、屋敷は家族にめちゃくちゃ愛されてるよね、とからかってくる。

美しくも切ない思い出として心にしまわれるはずだった片想いは、ピリオドを打ち損ねてしまった。

大学も別々だし、洸史郎はバイトに明け暮れて忙しそうだったが、食事付きのマンションなので、朝晩には必ず顔を合わせることになった。洸史郎はそこでも人気者だったが、夏生を見つけると必ず隣の席にやってきた。

「とりまきと食べれば？」と夏生がぼそぼそ言うと、「だって美人のお姉さんたちに屋敷のこと頼まれたし」と冗談を言った。

日々は永遠に飲み終わらないレモネードみたいだった。洸史郎がマンションのホールで女子学生と楽しげにしているのを見ると胸がひりひりしたし、夏生を見つけて笑顔になって歩み寄ってくるのを見ると胸が甘酸っぱくよじれた。甘さと酸っぱさに振り回されて、でもそれだけでは決してお腹いっぱいにはならない。

高校卒業を機にもうやめようと思っていた恋愛妄想小説は、第二章に突入して、ヒロインは終わりのない片想いに日夜翻弄《ほんろう》されていた。

大学二年生になったある晩、洸史郎が焦《あせ》った様子で夏生の部屋にやってきた。翌日提出のレポートがあるのにパソコンを大学のロッカーに忘れてきてしまったという。夏生は自分のノートパソコンを貸してやった。

電源を切ってあったつもりだったパソコンが、実は小説を書きかけた状態でスリープになっていたことを知ったのは、三十分後に再び洸史郎が勢い込んで部屋にやってきたときだった。

「これ、屋敷が書いたのか？」

パソコンの画面を突き付けられて問われたときには、羞恥《しゅうち》で死ぬかと思った。万が一に備えてデータは都度USBに移して、パソコン内には残さないように気をつけていたのに、よりにもよってこんな時に限って、なんという失態を犯してしまったのだろうか。

洸史郎は目を輝かせて詰め寄ってきた。

「すごく面白かったんだけど、これ、続き物だよね？　前の話も読ませてよ」

コミュ力おばけの洸史郎にぐいぐいこられて、半《なか》ば無理矢理にこれまでの話を読ませるはめに陥った。自分の気持ちがバレたのではないかとおののいたが、洸史郎は完全にフィクションだと思ってくれたようだった。

「屋敷って昔からすごい読書家だなって思ってたけど、読むだけじゃなくて書いたりもするんだな」

高校までは友達とも呼べない遠い間柄だったのに、自分がしょっちゅう本を読んでいたことに洸史郎が気付いていたのは驚きだった。

それから洸史郎は、続きを読ませろとせがんでくるようになった。まさか誰かに、よりにもよって洸史郎に読ませるために小説を書くはめになるとは思わなかったが、面白がってくれるのが嬉しくて、どんどん書いた。

やがて洸史郎は夏生に、web小説投稿サイトへの投稿を勧めてきた。もちろん夏生は即座に断った。片想いのプロフェッショナルである夏生は、恋心を微細《びさい》に綴るのは得意だったが、コミュ障で世慣れない分、それ以外の部分を書くのは苦手で、そもそも人に読ませる前提ではないから、適当に書き飛ばしていた。すると洸史郎は、試しに背景やつなぎの部分を自分に書かせてくれないかと提案してきた。

数日後、洸史郎が書き足したものを読んで夏生は驚愕《きょうがく》した。夏生が適当に濁《にご》しておいたバイト先での仕事の様子や、恋愛のフィジカルな部分の描写がにわかにリアリティを帯びて、単なる妄想の垂《た》れ流《なが》しだったものが見違えるほど小説っぽくなっていた。

「こんな才能を隠し持ってたなんて……」

目を丸くする夏生に、洸史郎は人懐っこい笑顔で肩をすくめた。

「それはこっちのセリフだよ。俺は屋敷みたいな繊細《せんさい》な心理描写は絶対に書けない。単に仕事先で見聞きしたこととか、体験したこと書き並べただけだよ」

確かに洸史郎の文体は、小説と呼ぶにはぎこちなく、大学のレポートのようだった。だがそんなのは些末《さまつ》なことだ。

夏生には経験のないキスや、その先の色っぽいあれこれを、洸史郎は箇条《かじょう》書《が》きで書き並べていたが、その飾り気のない文章の中に生々《なまなま》しいリアルを感じた。

洸史郎は女の子と何度もこんなことをしたのかな。想像すると嫉妬《しっと》と絶望と興奮で、身体も頭もカッカと熱くなった。

文法的な部分や文章のニュアンスを夏生が手直ししたものを、洸史郎がサイトにアップした。こんなものをわざわざ読む暇人《ひまじん》なんているはずないと思ったのに、投稿を重ねるうちに閲覧数《えつらんすう》は驚くほど伸び、ついには出版社から書籍化の打診がきた。

夏生はすっかり混乱し、とても無理だと最初は尻込みした。

「無理どころか、会社勤めよりかえってそっちの道のほうが屋敷には向いていると思うけど」

洸史郎に苦笑いでそう言われて、夏生は我が身を振り返った。もうすでに大学四年の六月。周囲はあらかた内々定をもらっている時期で、洸史郎もレディースアパレルメーカーへの就職が決まっていた。大学のランクは夏生の方が上で、しかもその中でもそこそこの成績を修めているにも関わらず、生来のコミュ障が災《わざわ》いして夏生は就活に苦戦していた。

「職業作家になれば、人間関係のストレスなんて一切気にしないで、自分のペースで暮らせると思うよ？　屋敷にぴったりの職業だと思う」

洸史郎のその言葉に、心が揺れた。自分ひとりだったら、万人の目に触れるサイトに小説をアップしようなんて夢にも思わなかったし、編集者との面談など即座に断っていたと思う。

洸史郎は更に言った。

「打算的なこと言って恥ずかしいけど、俺も副業を持てるのはありがたいって思ってる。実は限度額いっぱいまで奨学金《しょうがくきん》を借りてて、返済が不安なんだ」

洸史郎が覗かせた本音は、むしろ夏生を安心させた。小学生の頃からほぼ接点がなかった洸史郎が、突然自分の小説に興味を抱《いだ》いてくれた状況は、嬉しさもあったがむしろ不安要素の方が大きかった。物珍しさからくる興味なら、いつ関心がさめてもおかしくない。

しかし金づる……とまで言うのは語弊《ごへい》があるが、まあそういうはっきりした理由があってのことなら、そう簡単に縁は切れないはずだ。

洸史郎に導かれるまま赴《おもむ》いた出版社で、現担当の小倉美織と初めて会った。編集長も小倉も、若い男二人で恋愛小説を書いているという意外性をひどく気に入ってくれて、すぐに処女作出版の運びとなった。

小説なんかで食べていけるのかという不安はもちろんあった。それでもデビュー作が話題を呼び、当面暮らしていける程度の印税収入を得たことで、ひとまずしばらくはこの道で頑張ってみようと思った。

あれから六年。ありがたいことに職業作家として、生活はなんとか成り立っている。

ユニットとして一緒に仕事をしていくなら、今まで通り近くに住んでいる方が便利だろうという洸史郎の提案で、大学卒業と同時に二人でこのマンションに引っ越しをして、洸史郎の勤務後や休日に時々お互いの部屋で打ち合わせをしたりしている。

夏生にとって洸史郎は唯一無二の仕事の相棒であり、社会との窓口でもあり、しかも想いを寄せる相手。

だが、洸史郎には会社員というメインの仕事があり、それに伴《ともな》う人間関係も、プライベートの交友関係も広く、夏生はその中の一人にすぎない。

そのことは夏生をいつも切なく苦しくさせるが、一方で、その永遠に埋められない切なさと苦しさが創作の原動力であり、ネタ元でもあるのだった。

「なんて厄介《やっかい》な商売なんだ……」

牛丼を咀嚼《そしゃく》しながら、夏生はぼそぼそとひとりごちた。

2

「相変わらず物の少ない部屋ね。こんな服の数でちゃんと回せてるの？」

「キッチン、使った形跡もないけど、毎日何食べてるのよ」

二人の姉に口々に言われて、夏生《かお》は口をへの字に尖《とが》らせた。

「ちゃんとやってるよ」

姉たちもそれぞれ都内で働いており、時々示し合わせては弟の暮らしぶりを覗きに来る。

「ママもパパも、夏生は元気でやっているのかって心配してたよ」

「ちゃんとラインしてるよ」

「夏生のラインはいつも五文字以内でそっけないって、ママがぶうぶう言ってるよ」

「お互い元気なのが確認できれば十分だろ」

姉たちのかしましさに辟易《へきえき》しつつも、夏生はこの賑《にぎ》やかな家族が嫌いではなかった。両親も姉たちも朗《ほが》らかで口数が多く、家の中はいつも明るいおしゃべりであふれていた。そんな家庭にあって、夏生だけがおとなしくて人見知りだったのは、完全に生まれ持った性質なのだろう。

人と打ち解けるのが苦手な夏生がぼっちの教室で心折れなかったのは、この家族のおかげだと思っている。教室で浮いていても、遠足のグループに入れなくても、家に帰れば鬱陶《うっとう》しいほどの愛情が待ち受けているから、ばつの悪さはあっても、淋《さみ》しさや辛《つら》さはまったくなかった。

「こんな顔して恋愛小説とか書いちゃってるんだからびっくりだわ」

「ホント、本好きな子だとは思ってたけど、よりにもよって夏生が恋愛小説とはね」

いちばん身内にいじられたくないところを会うたびにいじられて、夏生は眼鏡の奥から姉たちをにらみつけた。

「くだらないこと言ってるなら帰れよ。仕事の邪魔」

「邪魔ってなによ。せっかくお姉さまたちが、あんたの好きなハンバーグ弁当とチョコレートケーキを買ってきてあげたっていうのに」

「お腹すいてイライラしてるんでしょ？　ほら、早く食べよ」

促《うなが》されて、デパ地下のおしゃれな弁当のふたを開こうとしたとき、玄関のインターホンが鳴った。オートロックのマンションなので、エントランスのインターホンを介さずに部屋の前まで来られるのは、マンションの住人だけだ。

ドアを開けると、思った通り会社帰りのスーツ姿の洸史郎《こうしろう》がコンビニの袋を下げて立っていた。

「今平気？　今日早く上がれたから、打ち合わせがてら小倉《おぐら》さんのとこに寄って、ついでに資料集めてきたんだけど……」

玄関先に並んだ女物の靴を見て、洸史郎は言葉を切り、形のいい眉をひそめた。

「お客さん？」

「まあ、春名《はるな》くん、お久しぶり！」

「相変わらずイケメンねぇ」

夏生が説明するより早く、姉たちが顔をのぞかせた。さっきまでストッキングが邪魔くさいとかスカートが苦しいとか言って、とんでもない格好で部屋をうろうろしていたくせに、なにごともなかったかのように身支度を整えている。

洸史郎は白い歯を見せて姉たちに笑いかけた。

「どうも、お久しぶりです。すみません、いらしてることを知らなくて。出直してきますね」

「何言ってるのよ！　ほら、あがってあがって」

「ちょうど夕飯を食べようとしてたの。春名くんも一緒にどうぞ」

「いいんですか？　すみません。俺もコンビニでビールとつまめるものを買ってきたのでよかったら皆さんで」

家主である夏生が一言も発さないうちに、三人は狭《せま》い座卓を囲んでいる。

「夏生、取り皿持ってきて！」

「あとグラスもお願い」

夏生がため息交じりにグラスを用意して運ぶと、洸史郎がビジネスバッグから雑誌を取り出して渡してよこした。

「これ、発売日はあさってだけど、小倉さんが見本くれた」

先日インタビューを受けたファッション誌だった。こんなところで出すなよと思ったが、時すでに遅し。夏生の手に渡る前にピラニアのように姉たちが食らいついた。

「え、これ二人が載ってるやつ？　見せて見せて！」

「うわ、夏生ったらおすまししちゃって」

「『二人が描く愛のかたち』だって！」

とんだ羞恥プレイに、夏生は荒々しくグラスをテーブルに置いた。

「なに勝手に見てるんだよっ。春名もこんなタイミングで出すな！」

しかし夏生の声など皆スルーで盛り上がっている。

「春名くんと並ぶと、夏生までイケメンの恩恵を受けてちょっとかっこよさげに見えてくるから不思議よね」

「グラビアもいいけど、生の春名くんは更にいいわね。春名くん営業だっけ？　うちの職場はビジネスカジュアル推奨《すいしょう》でネクタイ男子は絶滅危惧種《ぜつめつきぐしゅ》だから、春名くんのネクタイ姿は目の保養だわ」

「ありがとうございます」

騒々しい姉たちと人たらしの洸史郎の会話は尽きることなく、夏生は実家で過ごした賑やかな日々を少し懐かしく思い出しながら、ちびちびとビールを口に運んだ。

ようやく帰り支度を始めた姉たちだが、ドアの向こうに消える瞬間まで騒がしい。

「たまにはママに五文字以上のラインを送るのよ！」

「ちょっと、その親指の爪、まだ嚙《か》み癖《ぐせ》治ってないの？　いい歳して恥ずかしいからやめなさいよ」

「わかったから、ほらもう遅くならないうちに帰んなよ」

ようやく姉たちをドアの外に送り出して、夏生はやれやれとため息をついた。

「ごめんな、騒がしくて」

一緒に玄関先まで見送りに来ていた洸史郎に詫《わ》びて、室内へと引き返す。

「全然。素敵なお姉さんたちだよね」

「どこがだよ」

「俺は好きだよ、屋敷《やしき》んちのご家族」

「うるさいばっかだよ」

本音と謙遜《けんそん》を混ぜてぼそぼそ返す。

そういえば、夏生は洸史郎の家族には会ったことがない。高校までは家を行き来するような関係性ではまったくなかったし、こちらに出てきてからは尚更《なおさら》会う機会もない。少なくとも夏生の家とは違って、たびたび家族がやってくるようなべたべたした関係ではなさそうだ。

　いい歳をしていつまでも末っ子扱いで構われ続けているのがちょっと恥ずかしくて、夏生は話題を変えた。

「なにか用があったんだろ？」

　テーブルの上を片付けながら言うと、洸史郎は「ああ、そうそう」とビジネスバッグから書類を取り出した。

「これ、作中の保険関係の資料、今日来た外交員さんに大まかなこと聞いて、補足を書き添えておいたから」

「助かる。ありがとう」

「あと次回作は洋菓子店を舞台にしたいって言ってただろ？　ネットで見るより紙の書籍で見た方がいろいろわかりやすいと思って」

　美しいスイーツの写真が載った分厚い図録のようなものをテーブルに並べてくれる。

　まめで社交的な洸史郎は、取材も資料集めも下調べも、先回りしてこなしてくれる。正社員として働きながら、このフットワークの軽さにはいつも驚かされる。夏生はといえば、一日中パソコンの前に座っていながら、一文字も書けずに終わる日もあるくらいの生産性の低さだというのに。

「忙しいのに、無理してない？」

「全然。人と話すのは好きだし、資料集めは楽しいし」

一時期問題視されていた美人すぎる○○みたいなワードが脳裏をよぎる。逆偏見《へんけん》だとは思うけれど、こんなに見た目がいいくせに、すべてにおいて能力も高いなんてなんなんだ。

結局のところ、自分はすこぶる凡庸《ぼんよう》な人間だなと夏生はしみじみ思う。こんなにわかりやすくロマンス小説のヒーローみたいな男に恋をするなんて、びっくりするほど凡庸な感性だ。

「それでさ、小倉さんとも軽く打ち合わせしてきたんだけど」

夏生の心のうちなど知る由《よし》もない洸史郎が、ノートパソコンを立ち上げながら言う。

「再校で、やっぱちょっとここのラブシーンの流れがまだ不自然かなって」

一度手直しの指示が入って夏生が書き直したのだが、官能的な部分になると、やはりどうもぎくしゃくしてしまう。

「ちょっとこっち来てみて」

ソファに座った洸史郎に手招きされ、夏生は両手にビールの空き缶を持ったまま無防備に歩み寄った。

「蓮《れん》がこう未歩《みほ》を引き寄せてさ」

「うわっ」

背中に回した手でグイっと引き寄せられて、夏生は洸史郎の腰の横に片膝をつく。

「それでこうやってキスして……」

夏生の描写の不自然さを指摘する際、洸史郎はよくこうやって作中の二人の動きを再現してみせる。

夏生にしたらたまったものではない。ひそかに想いを寄せる相手の顔が、息がかかるほど近くにきて、心拍数の上昇を気取られはしないかと呼吸すらままならなくなる。

「この状態から未歩のブラウスに手をかけてこうボタンをはずすとなると」

洸史郎の手がニットの中に潜《もぐ》り込《こ》んできて、夏生は思わず背をのけぞらす。身体に力が入った勢いで、空き缶が派手な音を立てて潰《つぶ》れる。

「ほら、女性側が姿勢を保つのにすごく筋力使うだろ?」

「……そんなのわざわざ再現しなくたって、口で説明されたらわかるよ!」

夏生はぶっきらぼうに言って、洸史郎から身体を離した。実際はわからないから書いてしまうわけだが。

シャツの脇が汗で冷たくなっている。自分が発している好きのオーラが洸史郎に届いてしまうのを恐れて、夏生は足早にキッチンスペースに移動して距離を取った。

潰れた空き缶の中がうまく洗えなくてイライラしながら、なるたけ感情の乗らない声で言う。

「そこは春名が直しておいてよ。得意分野だろ」

「俺が直すとエロくなりすぎて、ジャンルが変わっちゃうって小倉さんに怒られるから」

洸史郎は苦笑いで言う。

足の先からたくさんの虫が這《は》い上《のぼ》ってくるようなザワザワ感に襲われる。

夏生が知らないプライベートの時間に、洸史郎がどんなエロすぎるプレイを繰り広げているのか想像しては、嫌悪と興奮がないまぜになる、このワンパターンな思考の流れ。

「……とりあえず、もう一回書き直してみるから」

から、を強調して言うと、洸史郎はビジネスバッグを手に立ち上がった。

「邪魔者は去れってことだな」

「別に邪魔なんて言ってない」

「でも、一人じゃないと書けないんだろう？　俺はむしろ誰かがいる場所の方がいろいろと捗《はかど》るんだけどなぁ」

笑いながら「じゃあな」と片手をあげる洸史郎を、キッチンから動かず「ああ」とそっけなさを装って見送る。

玄関ドアが閉まる音とともに、詰めていた息がほっと漏れ出る。

ようやく一人になって、夏生はソファに戻って腰を下ろした。洸史郎が置いて行った資料を抱きしめて、ごろりと横になり、先ほどまでの流れを脳内で回想する。

今日のネクタイも似合っていた。ソファで引き寄せられたとき、一日外で働いてきた空気の匂いと、いつも付けているフレグランスが混じって、身も心もくらくらするようないい匂いがした。

掴まれた手首と腰には、まだくっきりと洸史郎の手の感触が残っている。

形式上は幼馴染みでも、実際はほぼほぼ接点がなかった片想いの相手と、こんなに長くこんなに密接に過ごすことができるなんて、まったく信じがたいことで、いつも一人になると、洸史郎とのささやかな会話や、触れられたときのドキドキ感などをひとつひとつ思い起こしては身悶《みもだ》えするという流れを、もう六年も続けている。

いや、六年どころではない。偶然同じ学生マンションで過ごせることになった大学の四年間だってそうだったし、それどころかあの藤棚の下でスポーツシューズを渡された日から、夏生の脳内はずっと洸史郎への妄想で埋め尽くされていた。

我ながら相当気持ち悪いと思う。

しかし、あわよくば……的な期待は一切していないのだから、妄想くらいは許してほしい。洸史郎にとって自分はあくまでビジネスパートナーにすぎないのはわかっている。コミュ力の高い男だから、単なるビジネスパートナーにもいろいろと気配りしてくれるし、あたかも友達のように接してくれる。免疫力《めんえきりょく》のない夏生は、ちょっとしたリップサービスにすらドキドキしてしまって、万が一にもそれが漏れ出たらドン引きされるのは明白だから、洸史郎の前では極力感情を出さないように努めていた。

とにかく、良くも悪くも洸史郎と夏生をつないでいるのは仕事であり、ある意味それは恋人や配偶者より強力な絆《きずな》と言えるのではないだろうか。

パラっと図録を巡《めぐ》りながら、でも……と思う。

考えるのが怖くて、いつも無理やり意識をそらしているが、この先洸史郎に本当に大切な相手ができたときにも、自分たちには強力な絆があるから大丈夫、などと平然としていられるだろうか。

洸史郎は社交的で女友達も多いが、一人の相手と長続きしているのを見たことがない。それは夏生にとってはささやかな幸運だった。しかしいつまでもこの状態が続く保証はない。

軽薄な交際を続けようが、特定の恋人を作ろうが、洸史郎が自分のものにはならないという意味では同じこと。しかし、自分のものではないことと、誰かのものであることは、夏生の中ではまったく別物だった。

いつかそんなXデーが来たとして、それでもビジネスパートナーとして末永く洸史郎のそばにいたいと思えば、洸史郎のライフステージの変化にいちいちショックを受けない強靱《きょうじん》なメンタルが必要なはずだ。自分の作風から言えば、その心の痛みすら貪欲《どんよく》にネタにして生きていくべきなのだ。そのためにも、毎日心のスクワットをしておかなくてはならない。

そもそも、現状では執筆以外の部分で洸史郎に依存しすぎている。取材も資料集めも面倒な打ち合わせも、洸史郎が率先してやってくれるからつい甘えてしまっているが、いつの日か洸史郎が身を固め、子供などできようものなら、それどころではなくなるかもしれない。

そうなったときに、ただのお荷物にならないためにも、いやそれどころか洸史郎の分までなんでもこなして頼れる相棒だと思われるように、もうちょっとしっかりせねばと今更ながら思うのだった。

そんなことをぼんやり考えていたある日、ささやかな一歩となりそうなきっかけが舞い込んだ。

新年の出版社の会議室で、販促用に新刊にサインを書いていたとき、「そうそう」と小倉が吸取紙でインクを押さえながら言った。

「次回作の取材の件、屋敷先生が気になるっておっしゃってたパティスリーに打診してみたら、土日祝日はやっぱりご多忙らしくて、定休日の月曜ならお受けいただけるようなんです。どうしましょうか」

「あー、月曜は有給取りづらいから、定休日が火水あたりのお店にしていただけるとありがたいんですけど」

当然のように洸史郎が答える。いつも取材は洸史郎主導で、実にうまく話を聞きだして、要点をまとめてくれる。職業描写は洸史郎が担《にな》ってくれるところが多いから、そのやり方は理にかなってもいた。

しかし、今回洸史郎の都合の悪い日を指定されたのは、たまにはおまえがやってみたらどうかという神様の思し召《おぼめ》しかもしれない。ただでさえ、年末年始の帰省で実家で散々スポイルされて、このままでは本当にダメ人間になってしまうと憂《うれ》えていたところだった。

サインを入れた本を順繰りに洸史郎に回しながら、夏生はそっと申し出た。

「その取材、俺が行ってもいいかな」

「え？」

洸史郎は本を受け取る手を止めて、まじまじと夏生を見た。

今日のストライプのネクタイもよく似合う。上着を脱いで袖《そで》をまくったワイシャツから、前腕筋がほどよく主張するさまもいとをかし。

……などと見とれている場合ではない。

「珍しいね、屋敷が自分から取材を申し出るとか」

「春名に負担をかけすぎてるなと思って。会社の仕事もあるのに、こっちの面倒なこともほぼほぼ春名がやってくれてて」

「面倒だなんて思ったことないよ。むしろいい気分転換になってる」

小倉が「おお」と拍手をする。

「美しいコンビ愛ですね。ベリーベリーの久保田《くぼた》さんが聞いたら、涙を流して尊びますよ」

コンビ愛なんていう美しいものではなく、ガチの色恋からくる打算なんだけど。

とにかく、プライベートでは洸史郎の伴侶《はんりょ》にはなれなくても、ビジネスでは少しは使えるやつでありたい。

サインが片付いたところで、洸史郎のスマホが鳴った。

「は？　他業種交流会？　新年早々？」

漏れ聞こえる会話に、このあと洸史郎と一緒に夕飯を食べて帰る予定だった夏生の心は、一気にどんよりしてしまう。他業種交流会というのはつまり、合コンのことだろう。しかし今後の人生のためにも、こんなことでどんよりしてはいけない。心のスクワットをしてメンタルを鍛《きた》えると誓《ちか》ったじゃないか。

己《おのれ》に喝《かつ》を入れる夏生の無意識の目力を、別の圧力と勘違いしたのか、洸史郎が苦笑いで通話相手に返す。

「悪いけど、今日は先約があるから……」

夏生はずいっと洸史郎に近づいて言った。

「俺のことはいいから、行って来いよ」

「だけど、このあと焼き肉の予定だろ？」

「それはまた今度でいい。それより、多くの女の子たちと交流を深めて、作中に取り入れるのは、大事な仕事だろ」

俺はなんて偉《えら》いのだろう。想いを寄せる相手に、女子との交流を積極的に勧める、この度量の広さ。

洸史郎は苦笑いのまま一瞬沈黙したのちに言った。

「だったら、屋敷も一緒にどう?」

絶対無理。口ではさばけたことを言ってみせても、目の前で洸史郎が女の子とべたべたするところなど、可能な限り見たくない。

「俺は結構だ」

「なんでだよ。屋敷だって、恋愛小説家として勉強になるだろ」

「俺はおまえとは逆で、妄想を膨《ふく》らませて書く芸風だから、余計な知見は筆を鈍《にぶ》らせる」

つまり童貞を武器にしています、みたいなことを思いっきり断言してしまい、ハッときまり悪くなって、小倉に話を振った。

「それに、俺は小倉さんと取材の件で話を詰めたいし」

「……そうか。じゃあ、お言葉に甘えようかな」

通話相手にOKの旨《むね》を伝えて、洸史郎は電話を切った。

残りのサインを終えると、洸史郎は袖を戻してカフスのボタンを留め、ジャケットを羽織り、「じゃあ悪いけどお先に」と片手をあげて去っていった。

一緒にその背を見送っていた小倉が、上目遣《うわめづか》いに夏生を見る。

「いいんですか?」

その問いかけにドキッとする。どういう意味? 頑張ったつもりだが、もしや俺の邪《よこしま》な感情がにじみ出てしまっていたのだろうか。

「春名先生、淋しそうでしたよ」

「え？」

しかし小倉の頓珍漢《とんちんかん》な一言にずっこけそうになる。どこをどうやったら洸史郎が淋しそうに見えるのか。

「なに言ってるんですか。めちゃめちゃ楽しげな足取りでしたよ」

「そうかなぁ」

「そうです。二十年つきあってる俺が言うんだから、間違いないです」

実際は年月ばかり長くて実のない二十年ではある。それでも歳月の説得力にものを言わせてその話を終わらせ、パティスリーの取材の件に強引に話を戻したのだった。

3

『カトルカール』という小さなアイアン表札が掲《かか》げられた三階建ての細長い建物の前で、夏生《かお》は大きく深呼吸した。

以前サイン会の参加者から、この店のフルーツケーキを差し入れしてもらい、そのおいしさに感動して、いつか買いに行きたいと思っていた。まさか客としてではなく、取材で訪れることになろうとは。

それにしても目立たない店だ。住宅街の一角に、かくれんぼするように溶け込んでいる。大きな看板もないし、今日は定休日だからひとけもなく、地図アプリの案内なしでは、とても探し当てられなかっただろう。

そこはかとなく一見《いちげん》さんお断りな空気を感じて、気後れしてしまう。ものすごく気難しい店主で、迂闊《うかつ》な質問をして機嫌を損ねたりしたらどうしよう。

やはり小倉《おぐら》の同行まで断ったのは失敗だっただろうか。

いや、頼りになる同行者がいると結局任せきりになってしまい、後ろで頷いているだけで終わってしまう。ここは一人で頑張るところだ。

「大丈夫。たとえ失敗に終わったとしても、殺されるわけじゃない」

ぶつぶつ言いながら白い息を吐いて深呼吸を繰り返していると、『定休日』の札がかかったドアが、内側から開いた。

顔を覗かせたのは、夏生と同じくらいの年齢のほっそりした長身の男だった。品よく整ったうりざね顔を金髪に近い明るい色の髪が縁取《ふちど》り、髪と同じ色のフープピアスがよく似合っている。

男は不躾《ぶしつけ》なくらいじっと夏生の顔を見つめてきた。

「……取材の方ですか?」

「あ、はい。すみません、まだ少し早くて……」

「大丈夫ですよ。外は寒いでしょう?　どうぞ入ってください」

店内には小さなショーケースと、数席のイートインスペースがあった。

シャツの腰にエプロンを巻いた男は、店休日とはいえ作業中だったようだ。

「お忙しいところ取材を引き受けてくださってありがとうございます。『春夏秋冬《しゅんかしゅうとう》』の屋敷《やしき》と申します」

夏生が手土産《てみやげ》のワインボトルに名刺を添えて差し出すと、男は突然「やっぱり!」と大声をあげた。

驚いてたじろぐ夏生に、ぐいっと顔を近づけてくる。

「やっぱり屋敷だ！　小学生の頃、いっつも教室の隅っこで本を読んでたよね？　顔、全然変わってないね」

「ええと……」

「あの読書家が作家になるなんて、期待を裏切らないなぁ」

「ええと……？」

一方的にまくしたてられ、夏生は必死で脳内の引き出しをひっくり返す。

「あー、覚えてないか。屋敷は他人に興味なさそうだったもんなぁ」

お心遣い恐縮です、とワインを受け取り、男も名刺を渡してくれる。『カトルカール』という店名の下に『オーナーパティシエ・平口省吾《ひらぐちしょうご》』と小さく名前が添えられていた。

その名を見て、うっすらと記憶がよみがえる。内に籠《こも》ってクラスメイトの名前もおぼつかない状態で過ごした学生時代だったが、洸史郎《こうしろう》とよくつるんでいた仲間たちの顔と名前はなんとなく覚えている。

「……確か小六のときに東京に転校していった、あの平口？」

あやふやな記憶を頼りに訊《たず》ねると、平口の顔にぱっと笑みが広がった。

「おお、思い出してくれたか！」

「ごめん。当時はそんな髪色じゃなかったから、すぐにはわからなくて」

「さすがに小学生でキンパは攻めすぎだろ」

平口は大笑いしながら夏生にイートインのテーブルを勧め、自分はショーケースの裏側に回った。

「しかし屋敷が取材だなんてびっくりだな。俺の記憶にある限り、授業で指されたとき以外、屋敷がしゃべってるのを見たことなかったけど」

大人になったよなぁなどとしみじみ言われて、恥ずかしくて尻がムズムズする。

「いや、今もこういうのはあまり得意じゃなくて、普段は相方が……」

「相方？」

「うん。二人で組んで小説を書いてるんだ。春名《はるな》洸史郎って覚えてる？　平口、結構仲良かったよな？」

平口は零《こぼ》れ落《お》ちそうなほど目を見開いた。

「は？　洸史郎？　あの洸史郎が作家？」

「そうなんだ。大学生のときにひょんなことからコンビを組むことになって」

平口は怪訝そうに眉根を寄せた。

「あいつ、大学行ったの？」

言葉の意味を図りかねて、夏生は小首をかしげた。

確かに洸史郎は飛びぬけて勉強ができるというわけではなかった。特に小学生の頃は、コミュ力と運動神経だけが突出していて、成績はむしろ後ろから数えた方が早いくらいだった。しかし大学全入時代に、そこにそんなに驚くのも不思議だ。

「平口は小学生の頃しか知らないだろうけど、中学でかなり成績アップして、高校は進学校に進んだんだよ」

「いや、学力的なことだけじゃなくてさ。ほら、春名んちって色々大変そうな家だったし、経済的にもキツそうだったじゃん？　俺の引っ越し前にお別れ会的なことをしてもらったときも、とにかく早く家を出て独《ひと》り立《だ》ちしたいって、そればっか言ってたから」

初めて聞く話だったので、今度は夏生の方が驚いた。

「……大変そうな家って、どんな？」

「親父さんが浮気相手との間に子供を作っちゃって離婚してさ、そのあとお母さんが次々男を……って屋敷、俺よりよっぽど長いつきあいっぽいのに、その辺のこと聞いてないの？」

「長いっていっても、基本仕事上のつきあいだし」

「ビジネスコンビってやつか。まあそうだよな、屋敷と春名じゃ全然タイプ違うし、話も嚙み合わなそうだしな」

あははと笑う平口に作り笑顔を返しながら、自分で振った話なのになんとなくショックで胸のなかがすうすうした。

小六で別れてそれきりの平口の方が、二十年以上のつきあいがある夏生よりも、洸史郎のことをよく知っているなんて。

そういえば高校時代、洸史郎の昼飯はいつも購買のパンだった。もちろんほかにもそんな生徒はたくさんいたから、理由を深く考えたこともなかった。それより洸史郎に女の子たちがとっかえひっかえお弁当を作ってきていたことの方が、よほど気になっていた。

大学生になってからも、休みなくバイトを詰め込んでいて、きっとデート資金にするんだろうなんて、のんきな想像をしては落ち込んでいた。

妄想体質の夏生は、自分を片想いヒロインになぞらえすぎるあまり、洸史郎の周りの出来事はすべて夏生自身が一喜一憂《いっきいちゆう》するイベントとしてしか捉《とら》えていなかった気がする。

あの頃、明るく光り輝いて見えた洸史郎が、そんな状況に置かれていたなんて。

つらさも見せずにあんなふうに明るく振る舞っていた洸史郎は、なんて強い少年だったのだろう。幸せな家庭で愛されて育ちながら、孤高を気取っていた自分が恥ずかしい。

一人でぐるぐるしていると、ふとコーヒーのいい香りがしてきた。

カウンターの奥から、平口がカップと焼き菓子が載ったトレーを持ってきて、向かいの席に座った。

「うちのケーキだけど、よかったらどうぞ」

「あ、これ！　差し入れで頂《いただ》いたことがあって、めちゃくちゃおいしかったから、もう一度食べたいって思ってたんだ！」

平口はふふっと笑う。

「あの屋敷が、こんなお世辞を言えるようになったなんてなぁ」

「お世辞なんかじゃないよ。今回の取材も、それで編集さんにお願いして『カトルカール』に打診してもらったんだ」

「それは嬉しい。なんかちょっと運命の再会みあるな」

人懐っこい笑みを向けられ、緊張がふっと解ける。

子供の頃、とにかくコミュニケーションが苦手で、クラスの友達とすら気さくにしゃべれない自分は、大人になって社会に出たらどうなってしまうのかと不安だった。しかし学生の身分を離れてみたら、むしろ楽に息ができるようになった。

クラスメイトと仲良くなるというつかみどころのない義務感より、仕事という明確な目的がある方が夏生にはずっとやりやすい。もっとも普段はそれも洸史郎に任せてしまう方が多いのだが。

フルーツケーキは、記憶通りのおいしさだった。しっとりと豊潤《ほうじゅん》で、でも少しも重たくなくて、洋酒を含んだフルーツのじゅわっとした歯ごたえがたまらない。

「こんなおいしいものが作れるなんて、平口はすごいね」

本音だからこそ、口下手《くちべた》な夏生もすらすらと感想が出てくる。それは平口にも伝わったようで、嬉しげに腰を浮かす。

「よかったらほかのも味見してよ。この季節限定の金柑《きんかん》とアールグレイのパウンドはどう？ドライフルーツとはまた違う味わいがあるよ」

平口はいそいそと新しい皿にのせたケーキを持ってきてくれる。

「うわ、おいしい！　アールグレイと金柑って相性抜群《ばつぐん》だね。焼いてもまだみずみずしさが残ってる」

「バターケーキは生のフルーツとも好相性なんだよ。イチゴや葡萄《ぶどう》もすごく合うから、ぜひ季節ごとに食べに来てほしいな」

その後も何種類か味見させてもらいながら、店名の由来や、好きだった先輩のあとを追って製菓学校に進学した話を聞いたりして、すっかり打ち解けた状態で取材をさせてもらうことができた。

平口は話し上手《じょうず》で、面白おかしい雑談なども交えながら、あっという間に二時間が過ぎてしまった。

「隠れ家みたいな店だったから、気難しくて取り付く島もない店主だったらどうしようって最初は緊張してたんだ」

夏生が打ち明けると、

「屋敷にそれを言われるなんてな」

平口は噴き出した。

「子供の頃さ、俺も屋敷に話しかけたかったけど、まさに取り付く島もないって感じで声かけられずに終わったんだよね」

あの頃、読書に没頭《ぼっとう》するふりをして、バリアを張り巡らしていたのを思い出す。

あんな自分を演じていなければ、平口やほかのクラスメイトともう少し打ち解けられたのかなと一瞬思うが、そんなことは多分ない。お互い大人になって、目的を持った仕事相手として再会したから、こうしてフランクに話せているのだ。

固辞する平口に手土産のワインとは別に取材謝礼の商品券の包みを無理矢理渡すと、平口は土産にホールのフルーツケーキを持たせてくれた。


初めての一人取材を成《な》し遂《と》げた達成感と、思いがけず過去の自分が救われたような再会に気をよくして、夏生は珍しく弾《はず》む足取りで帰宅した。

取材内容を洸史郎と共有するためにまとめているところに、仕事終わりの洸史郎から電話がかかってきた。

『今日はお疲れさん。一人で大丈夫だったか？』

洸史郎のねぎらいと気遣いの口調に、自分の中のヒロイン脳がよろめきかける。

おまえは俺がついていないとダメだな。みたいなシチュエーションを妄想しようとする脳にストップをかけるために、ついことさらにさばけた声が出た。

『全然余裕だった。あ、話したいこともあるし、頂き物のケーキあるから、帰りにうちに寄っていかない？』

さらっと口にして、自分で驚く。こんなふうに自分から洸史郎を誘ったことなど一度もなかった。取材がうまくいった高揚感がまだ残っているせいだろう。

『もうマンションの前だから、すぐ行く』

言葉通り、コーヒーメーカーからコーヒーが落ちきる前に、洸史郎がやってきた。

「あ、コーヒーいい匂い。寒かったからありがたい」

「お疲れ様」

コート用のハンガーを渡しながら、洸史郎がマフラーをほどく様子をそっと盗み見る。この前、夏生に貸してくれたマフラーだった。

間接キスならぬ間接マフラー……などと気持ちの悪いことを考える自分を心の中でハリセン百叩きの刑に処す。

その妄想の一人芝居が顔に出ないようにポーカーフェイスを装って、淹《い》れたてのコーヒーとフルーツケーキを洸史郎に勧めた。

「これ、今日の取材先でお土産にもらったんだ」

「屋敷が前に言ってたフルーツケーキ？　ん、確かにうまいな」

「だろ？　いったい誰が作ってたと思う？」

夏生が前のめりに訊ねると、洸史郎はコーヒーカップを口元に運びながらひょいと眉を動かした。

「屋敷からクイズを出題されるなんて、初めての経験だな。おまえがそんなに驚くってことは、小人とか妖精が作ってたのか？」

「そんなわけないだろ。平口だよ。小学生の時、春名たちとつるんでた平口省吾」

「省吾？　マジで？」

「ね。俺もびっくりした」

洸史郎は皿を持ち上げてしみじみとケーキを眺めた。

「あいつがこんな繊細な焼き菓子をなぁ」

「向こうも、春名が小説書いてるって知って、同じ反応してた」

だろうな？　と笑って、洸史郎はふと動きを止める。

「屋敷、よく省吾のこと覚えてたな」

指摘を受けてドキリとする。確かに、周囲に無関心だった夏生が、交流もないまま小学生のうちに転校してしまった同級生を記憶していたなんて、不思議に思われても仕方がない。実際これまでにも、洸史郎と話していて同級生の話題になったときに、夏生はほぼほぼ思い出せなかったのだ。

平口を覚えていたのは、想いを寄せる洸史郎の仲間だったからだが、そんなことはとても言えない。

「なんか声がでかくて、目立ってたから」

適当に答えをはぐらかす。

「そういえば平口から聞いたんだけど……」

不自然にならないように平口がらみの話で話題を変えようとして、夏生はハッと言いやめた。

平口から聞いたんだけど、春名の家って大変だったらしいね。

そんな立ち入ったことを本人に確認するなんて、失礼すぎる。

「省吾がなんだって？」

言い澱《よど》んだ夏生に、洸史郎が怪訝《けげん》そうに訊ねてくる。

「あ……ええと、平口の店って、季節ごとに生フルーツを焼きこんだパウンドケーキを作るんだって。ぜひ食べに来てって誘ってもらったから、また行ってくる」

洸史郎は形のいい目を丸く見開いた。

「人見知りの屋敷が、省吾とそんなに馬が合うとは意外だな」

「馬が合うっていうか……初取材で緊張してたけど、思いがけず知り合いだったから、そっちの驚きで緊張が吹っ飛んで、ありがたかったなって。執筆にとりかかったら、また教えてもらいたいことも出てくるだろうし」

「じゃあ、次は俺も一緒に行こうかな」

「でも休みが合わないだろ」

「なんだよ、俺が行ったら問題でもあるのか?」

珍しく突っかかってくる洸史郎に、夏生は「まさか」と首を振った。

「一緒に行けるならそれに越したことはないし、平口も春名に会えたら喜ぶよ」

「じゃあ、週末にでも、まずはお客としてケーキを買いに行こう。ほかの味も食べてみたいし」

「いいね。あ、もう一切れどう?」

「食べる」

夏生はいそいそと自分の分もとってきて、二人でケーキを頬張りながら、週末の予定を立てたのだった。


洸史郎に連れてこられたビストロは、こぢんまりとした家庭的な店で、どれもこれも信じられないくらいおいしかった。

「こんな洒落《しゃれ》た店、よく知ってるね」

「総務の華乃《かの》ちゃんが教えてくれたんだ。オーナーシェフが超イケメンだとかいって」

確かにカウンターの向こうで立ち働くシェフは、その風貌《ふうぼう》からして本場の人なのだろう。淡い色の髪と瞳が美しく、きらきらとしたオーラを発している。夏生の隣のイケメンといい勝負だ。

華乃ちゃんが単なる後輩なのか新しい彼女なのかは知らないし、知りたくもないから、夏生は興味のない顔で食後の紅茶を飲み干した。

それにしても、洸史郎と二人でわざわざ休日に食事に出るなんてとても珍しい。

洸史郎には幅広《はばひろ》い交友関係があり、休日くらいは好きに出かけたいだろうから、夏生の方から誘ったりなどできないし、逆に誘われたがっているなどと思われないよう、日ごろから『土日はマンション前の交通量が少なくて静かだから原稿が捗《はかど》る』などと言って、誘いを拒《こば》む気配をまき散らしていた。

まあしかし、今日の外出の目的は、取材先である平口の店を二人で訪ねるというものだから、プライベートではなく仕事の一環だ。

浮き立つ気持ちが顔に出てしまわないように、会計の際には黒いベストに七五三みがあるかわいらしい店員にあえて領収書をお願いして支払いを済ませた。

「割り勘にしようよ」

店を出たところで言う洸史郎に「打ち合わせの経費だから」とそっけなく答える。内心では、洸史郎とこんなふうに休みの日を一緒に過ごせるなら、支払いは全部受け持つし、何なら謝礼も包みたいくらいだった。

本音を押し殺して駅に向かって速足で歩き出すと、「ちょっと待って」と洸史郎にピーコートの腕を引っ張られた。

「なに？」

振り向いて真正面から洸史郎を見ると、私服のカッコよさに改めて見惚《みと》れそうになる。今日は白のハイネックニットに、グレーのチェスターコートを合わせている。スーツも似合うし、こういうプライベートのコーデも実に決まっている。もちろん部屋を行き来する際のゆるっとした部屋着姿だって好きだけど。

あまりにじっと見つめ続けたせいで、洸史郎が「ん？」と視線の意味を訊ねてくる。かっこよすぎて目が離せなくて……なんて言えるわけもないから、

「そのコート、軽そうでいいね。似合ってる」

いつもみたいに適当に話をはぐらかす。

「サンキュー。屋敷も新調する？　なんなら今から見に行こうか」

「いや、俺はいいから……っていうか、なんか言いたいことがあって引き留めたんじゃないのか？」

「あ、そうそう。この足で省吾の店に向かう予定だったけど、よく考えてみたら、休日の昼過ぎから夕方って、スイーツ店が一番賑わいそうな時間じゃないか？」

「まあそうだな」

「いくら今回は客として行くだけって言っても、久々に会うからにはちょっとくらいしゃべりたいしなと思って。だからもう少し遅めの時間にしないか？」

言われてみればその通りだ。

「確かにそうだな。じゃあ、一度帰って出直すか」

反対方向に向かって歩き出そうとすると、また洸史郎に腕を引っ張られた。

「ちょっとそこら辺をぶらぶらして時間をつぶせばいいだろ。とりあえず服でも見に行こうよ。そのコート、高校生の頃から着てるだろ？　よく似合ってるけど、屋敷はもっと明るい色も似合うと思うな」

まさか高校時代から着まわしているのを気づかれていたとは。洒落者の洸史郎からはさぞダサく見えていることだろう。

「ほら、行こう」

摑んだ腕を幼稚園児みたいにぶらぶら振って歩き始める。

全然意識していない相手だったら、やめろよとすぐに振りほどいていただろう。だが恋心が瞬時の反応をためらわせる。ドキドキ感が伝わってしまう前に振りほどきたいところだが、ここで過剰《かじょう》な反応をすると、逆に意識していることがバレるのではないかと怖くなる。コートが高校時代からのものだと気づいていた目ざとい洸史郎からしたら、ちょっとした夏生の言動で何かを悟ってしまう可能性がある。

これからはもっと用心深く過ごさなくてはと、夏生は自分に言い聞かせた。

厚着の季節でよかった。腕が心臓になってしまったようなドキドキ感に包まれながら、しかしそれを悟られないようにつまらなそうな無表情をキープして、自動改札で自然と手が離れるまで、夏生は雲の上を歩いているような夢心地に包まれた。

ショップに入ると、洸史郎は次々と服を手に取り、夏生にあてがった。

「このボアの襟付《えりつ》きジャケット、めちゃくちゃ似合う」

羽織ってみると、確かに悪くなかった。

「……まあ、たまには買ってみるか」

大して気乗りはしないが、成り行き上しかたなく、みたいな口調を装いつつ、心の中ではハートマークを飛び散らしながら身もだえする。洸史郎に服を選んでもらうなんて、夢のようなご褒美《ほうび》企画だ。死装束《しにしょうぞく》にはこれを着せてくれと、こっそり遺言書《ゆいごんしょ》にしたためておかねば。

表情と本心が完全に乖離《かいり》した状態でレジに向かおうとすると、「待て待て」と洸史郎に呼び止められた。

「ほかのものも見ようよ。ほら、このミントアイスみたいな色のニット、絶対屋敷に似合うよ」

「きれいな色すぎて気後れする。デザインもむしろ春名に似合うと思う」

「そう?　じゃあ試着してみるから、その辺適当に見てて」

そう言って洸史郎は店の奥の試着室の方へと消えていった。先にジャケットの会計を済ませておこうと思ったら、洸史郎が店内用のレジバッグごと持って行ってしまっているのに気づいて、手持ち無沙汰《ぶさた》にあたりをぶらぶらするしかなかった。

どんだけ念入りに試着しているのだろうかと不安になり始めたころ、ようやく洸史郎が戻ってきた。

「お待たせ。行こうか」

大きなショッパーを二つ提げてきた洸史郎は、一つを夏生に「はい」と手渡して、店の外へと促《うなが》す。

「え？　なに？」

「試着のついでに会計してきた。屋敷の言う通り、あのニットいい感じだったから買っちゃった」

そう言って洸史郎は自分のショッパーを持ち上げてみせる。

夏生は手渡された方の袋を覗いた。ボアジャケットのほかに、ミントグリーンと白のチェックのシャツが入っている。

「グリーン一色だと気後れするっていうからさ、それくらいの配分なら着やすくない？」

「そんな勝手に……」

「だってその色、絶対屋敷に似合うから」

どうしよう、嬉しい。洸史郎が夏生のために二着も見立ててくれるなんて、今日はクロゼット記念日とでも命名しようか。一緒に出掛けて服を選んでもらうなんて、こんなのまるでデートみたいじゃないか。

思わずにやけ顔になりそうなのを、頬の内側を嚙んで渋面を取り繕《つくろ》い、まあ買っちゃったんなら仕方ないけど、みたいな態度で財布を取り出す。

「いくらだった？」

「いや、いいよ。俺が勝手に買ったんだし、ランチは屋敷が払ってくれちゃったしさ」

「だけど……」

「今度一緒に出かけるとき、それ着てよ」

にっこり笑顔で言われて、体温が急上昇する。こいつは絶対ホストとかになったら大成するやつ！

いやいや、落ち着けよ俺。きっと洸史郎は、夏生のファッションセンスのダサさに困り果てているに違いない。一応ニコイチで作家活動をしている身。相方がダサいと、洸史郎まで巻き添えを食う。『今度一緒に出かけるとき』というのは、この前のインタビューのような仕事の際に、あんまりダサい格好で来るなよという忠告だろう。

「わかった。じゃあ、平口の店では俺が買うから」

「ああ。だけどまだちょっと早くないか？　もう少しブラブラして行こうよ」

腕時計に視線を落としながら、洸史郎が言う。そうまでして平口の店が空《す》くのを待ちたいだなんて、よほど平口との再会を楽しみにしているのだろう。旧交を温める手伝いという大義名分に便乗して、夏生もこのひとときを楽しませてもらうことにする。

「どこで時間潰す？」

「そうだな。ランチも食べたし、服も買ったし……。屋敷はどこか行きたいところある？」

一瞬考え、夏生はよいデートスポットを思いついた。

「そこのビルの水族館とかどう？　次の話に使えそうだから、取材がてら」

「いいね」

取材という名目があるなら、尚《なお》のこと堂々と楽しめる。

「そんなに水族館が好きなのか？」

面白そうな顔で洸史郎に訊ねられて、夏生は洸史郎と過ごせる時間の嬉しさにうっかり口元が緩《ゆる》んでいたことに気付いた。慌てて眼鏡に手をやって、ポーカーフェイスを取り繕う。

「いや……あそこコツメカワウソがいるだろ？　ちょっと見てみたいなと」

「かわいいな」

甘い笑みで言われて、一気に顔に血の気がのぼる。なにこいつ！　俺にそんなリップサービスしてどういうつもりだよ！

しかしすぐに我に返る。洸史郎はコツメカワウソのことを言ったに違いないのに、なんで俺が赤くなってるんだよ。

己の自意識過剰が恥ずかしすぎて余計に顔がカッカしてきて、洸史郎に気づかれる前に、夏生はくるりと踵《きびす》を返して歩き出す。

「そうだよ、コツメカワウソはこの世で一番かわいい生き物なんだ」

「そうだね。楽しみだ。次回作にペットとして登場させるのもいいかもな。じっくり取材してこよう」

「おう」

水族館デートなんて最初で最後の大イベントだ。なんなら取材の一環だとかいって、コツメカワウソと一緒に洸史郎とのツーショットを……いやスリーショットを撮影したりできるかもしれない。

だが、エントランスで期待はあっさり裏切られた。休日の水族館は、事前申し込みのチケットがないと入館できないシステムだった。

「コツメカワウソ（とのスリーショット）が……」

落胆《らくたん》する夏生の肩をポンポン叩いて、洸史郎が言った。

「残念だな。次はちゃんとチケットを取ってから来よう」

「え、次……」

次があるのか⁉　と浮かれて問いかけそうになって、慌てて言葉を飲み込む。取材という名目なのに、そんな反応の仕方はおかしい。

「つ……次は、そうだな、怠《おこた》りなく取材準備を整えてこないとな」

すまし顔で頷いてみせる。これはもう、なんとしてでも新作にはコツメカワウソを登場させなくては。

そんなこんなで無駄足を踏みつつ、平口の店にたどり着いたのは午後四時ごろだった。

店のドアには『本日分完売しました』という張り紙が出ていた。

「え、まさかの売り切れ？」

洸史郎が目を丸くする。

「すごい人気店なんだな」

やっぱりアポを取って出直した方がいいねと言おうとしたら、洸史郎はためらいもせずドアに手をかけた。

「開いてる。お邪魔します」

「ちょっと……」

店の中に入っていく洸史郎を引き留めようとすると、カウンターの向こうで片づけをしていた平口がこちらを振り向きながら言った。

「申し訳ありませんが、今日はもう……あ、屋敷」

最初に夏生に止まった視線が、隣の洸史郎に移る。

「……もしかして洸史郎⁉　またとんでもないイケメンになりやがって」

「省吾こそ、キンパめっちゃ似合うな」

洸史郎とハイタッチして平口は笑顔を夏生の方に向ける。

「来るなら事前に言ってくれたらよかったのに」

先日店を訪れたときに、平口とはラインを交換して、取材のお礼やお菓子の感想など、何度かメッセージのやりとりをしていた。

「今回は客として寄らせてもらっただけだから」

「この時間でもうソールドアウトだなんて、すごい繁盛店《はんじょうてん》だな」

空《から》っぽのショーケースを見て、洸史郎がしみじみ言う。

「いや、一人でやってるから、数を作れないってだけだよ」

「一人でこの店を？」

「不定期で入ってくれるバイトの子はいるけど。まあ座ってよ」

この間のように平口がコーヒーを淹れてくれて、しばし雑談に花を咲かせる。

二人で話しているのを見ていると、小学生の頃を思い出した。クラスのムードメーカーたちが盛り上がっている傍《かたわ》らで、空気のように気配を消して読書に耽《ふけ》っているふりをしていたあのころ。

今とはまた違う、はっきり恋心を自覚する前の、淡い感情がリアルによみがえってきて、夏生はバッグからノートを取り出した。

思いついたネタを書き留めるとき、スマホのメモでは書き込みが追い付かない。一瞬で通り過ぎてしまう記憶や感覚を一心不乱にメモしていると、いつの間にか二人の話し声が聞こえなくなっていた。

顔をあげると、二人の視線が夏生に注がれていた。

「あ、ごめん」

場所もわきまえずに没頭してしまったことに焦って謝る。

「いや、懐かしいなと思って」

平口は笑いながら言った。

「小学生の頃、いつも、俺たちが騒いでる横で、屋敷はそうやって別の空間にいるみたいに本に夢中だったよな」

「だよな。かっこいいなって思ってた」

頷きながらそういう洸史郎に、夏生は眉根を寄せた。

「かっこいい？　俺が？」

「ああ。だってあの年頃に誰とも群れずに大人っぽい本読んでてさ。すげえやつだなって思ってたよ」

洸史郎にそんなふうに思われていたとは意外だった。

「だから屋敷が作家になったのは当然のなりゆきって気がするけど、そこに洸史郎が絡んでるってどういうこと？」

問いかけてくる平口と目が合ってしまい、夏生はもごもごと適当に答えた。

「たまたま俺が書いてたものを春名が読んで、プロデュースしてくれるようになった感じ」

「プロデュースなんておこがましい。どっちかっていうとアシスタントだよ」

笑いながら言う洸史郎の声にかぶさるように、店のドアが開いた。夏生たちより少し若く見える大柄な青年が、両手に重そうなレジ袋を提げて店に入ってきた。

振り返って「おかえり」と声をかけた平口は、夏生たちの方に向き直って「バイトの子」と雑な紹介をし、相手にも「幼馴染みの春名くんと屋敷くん」と紹介してくれた。

パティスリーという職種と、平口の言う「バイトの子」という響きから、勝手に若い女の子を想像していた自分の短絡的思考を反省しながら、会釈《えしゃく》してカウンターの向こうに消えていく背中を目で追っていると、唐突に平口が言った。

「実はさ、俺の初恋って、屋敷だったんだよね」

思いもよらないひと言に、夏生と洸史郎は同時にコーヒーにむせ返った。

カウンターの向こう側で業務用の冷蔵庫を開け閉めしていた青年も、何かを取り落とした様子で、派手な音が響き渡った。

「は？　俺？」

「うん」

「なんで⁉」

「半ズボンから見える膝小僧《ひざこぞう》がまぶしくて」

笑いながら言う平口に、なんだやっぱり冗談だったかと笑い返す。しかし洸史郎は心底嫌そうな顔をして「変態か」とツッコミを入れた。

男同士でどうこうというのは、洸史郎にとっては冗談でも眉を顰《ひそ》めることなんだなと思い知らされて、胸の奥に鈍い痛みが走る。

今まで以上に自分の恋心は秘さなければと心に誓《ちか》う。

「いや、マジでさ、屋敷って俺たちとは違う空気感あったじゃん？　育ちが良さそうで、坊ちゃん学校の制服みたいな半ズボンが似合って、色白で、いっつも教室で難しそうな本を読んでてさ。あの感じ、ちょっと憧《あこが》れだった」

末っ子長男だった夏生は、両親や姉から過剰なほどにかわいがられ、坊ちゃん坊ちゃんした格好をさせられていた。きっとその格好だけでも浮いていたと思うし、人から話しかけられたくなくて毎日読書の鎧《よろい》でバリアを張っていた自意識過剰な自分を思い出すと、恥ずかしさで顔が熱くなる。平口もそのあたりを面白がっていじっているに違いない。

ふと視線を感じて目をあげると、洸史郎が横目にじろっと夏生を見ていた。頬を赤らめている理由を誤解して、嫌悪を感じているのかもしれない。

そういうことではないのだと説明するためにまずコーヒーで唇を潤《うるお》していると、洸史郎は平口に向かって言った。

「省吾の恋愛対象は、男なの？」

ストレートすぎる問いかけに、夏生は再びコーヒーにむせ、キッチンからはまた何かが転がる音が聞こえた。

平口は微笑んで言った。

「男とか女とか、あまり気にしたことないな。好きになったら性別なんて関係ないよ」

「……素敵だね」

夏生は思わずつぶやいていた。

絶対に実らない片想いであってすら、同性への恋心はなんとなく後ろめたい。でも、平口のあっけらかんとした言葉は、そんな夏生の心の曇《くも》りをキュキュッと磨《みが》き上《あ》げてくれた。実りはしないけれど、想いは間違っていないと励《はげ》ましてもらったような気持ちになる。

「あれ、もしかして両想い？」

平口がはしゃいだ声を出す。

「いや、それはない」

夏生が大真面目《おおまじめ》に否定すると、

「振られてやがる」

ふふんと笑う洸史郎に向かって平口は鼻にしわを寄せてみせて、それから夏生に右手を差し

出してきた。

「まずはお友達からよろしくお願いします」

「え、あ、こちらこそ」

胸元まで突き出された手を、反射的に握り返す。夏生には友達らしい友達はいないし、切実に欲しいと思ったこともないが、かつて話すこともできなかったカースト頂点のクラスメイトから友達と言ってもらえるのは、悪い気はしなかった。

握った手をぶんぶん振られるままにしていると、洸史郎が手刀で、だるまさんがころんだみたいに夏生の手を切り離した。

「うちの先生をたぶらかすなよ」

「なにヤキモチ焼いてるんだよ。洸史郎とだって友達になってやるぞ」

差し出された手を、洸史郎はパチンと叩く。

「いまさらか？　俺たちはもともと友達だろうが」

「うーん、焼け木杭《ぼっくい》に火が付いた的な？」

「いつおまえと俺が恋愛関係にあったんだよ」

「え、ひどい。あんなに愛し合ったじゃないのっ」

芝居がかった掛け合いを繰り広げながら、際限なく冗談を言い合う二人を見ていると、なんだか楽しい気分になってくる。友達というのはなかなか素敵なものだ。

4

壁に映《うつ》った映像のエンドロールを眺めながら、夏生《かお》は深く息を吐きだした。

「どう、面白かった？」

部屋の明かりをつけて、平口《ひらぐち》が訊ねてくる。

「面白かった。ケーキもおいしそうだったし、ストーリーもよかった」

店休日に平口の自宅を訪れるのは、これが二度目だった。店舗の上階が居住スペースになっているのだが、元々賃貸物件として建てられたものを祖父から譲《ゆず》り受《う》けたということで、一人暮らしにはぜいたくな広さだった。

前回は焼き菓子の製作工程を実演してくれて、ストーリーに盛り込むと雰囲気が出る専門用語などを解説してくれた。

今日は、パティシエが登場する平口おすすめの映画を鑑賞した。部屋を暗くしてプロジェクターで鑑賞する大画面の映像は、ちょっとしたミニシアターのような没入感があった。

映画は、イスラエル人夫妻と、ドイツ人パティシエの、数奇な三角関係を描いたヒューマンドラマだった。恋愛に性別は関係ないと断言する平口らしいチョイスだった。

「面白かった。エルサレムの街並みも素敵だったし、トーマスが作るお菓子がすごくおいしそうだった」

映像の中には男同士が愛を交わすシーンもあって、そういう映画を友達と観るのは、家族で観ていたテレビでいきなりキスシーンが始まったときみたいな気恥ずかしさもあり、夏生はあえてストーリーには触れずに感想を述べた。

平口は表情を輝かせた。

「あの素朴《そぼく》さこそ、俺が目指してるところなんだ」

「日本の洋菓子屋さんの、芸術品みたいなデコレーションとは全然違ったね。本当に手作りって感じで。特にあれ、おいしそうだったな。黒い森のケーキ」

「だろ?」

平口は満面の笑みを浮かべて、カウンターの向こうのキッチンに向かうと、冷蔵庫から大皿を取り出した。

「じゃーん」

カバーを外すと、なんと映画のケーキがそっくりそのまま再現されていた。

「うわ、すごい!」

黒いスポンジ生地に白いクリームとサワーチェリー。削《けず》ったチョコレートが中心にふんわりかかっているところも、映画に出てきたケーキそのものだった。

「うちはバターケーキ専門店だから、こういうのは今のところ店で出す予定はないけど、たまに作りたくなるんだよね」

平口は注ぎ口の細いおしゃれなケトルでコーヒーを淹れ、ケトルの残りのお湯を大きなマグカップに移すと、その湯でナイフの刃先を温めて、手際よく美しくケーキをカットして、夏生に勧めてくれた。なんとも絵になるそのしぐさを、そのまま作品の中で使わせてもらおうと心の中にメモして、ケーキを頂戴《ちょうだい》した。

「めちゃめちゃおいしい」

ほろ苦いスポンジとジューシーなサワーチェリー、そして甘さ控《ひか》えめのクリームが、絶妙のハーモニーを醸《かも》し出《だ》す。

「ホールで食べたいくらい」

「おお、胃袋を摑んだぞ！　俺とつきあう気になった？」

「いや、それはない」

平口はずるっと椅子から身をのめらせてみせた。こんなことばかり言ってくる平口だが、完全に冗談なのは恋愛初心者の夏生にもわかる。平口に何を言われても全然ドキドキしない。それは平口の言葉に本気のオーラがみじんも感じられないからだ。

「でもさ、こうやって休みごとに俺が屋敷《やしき》を独占してるの、洸史郎《こうしろう》は面白くないだろうなぁ」

にやにやしながら言う平口に、夏生は小首をかしげた。

「なんで？　俺が取材活動に勤《いそ》しむのが、相方にとって面白くないわけないだろう」

洸史郎は意味ありげな笑みを浮かべる。

「取材活動ね。俺は友達として屋敷とこうして時間を共にしてるつもりなんですけど」

「ありがとう」

夏生は素直に礼を言った。

友達と明言してくれる相手に会ったのは初めてだが、悪い気はしない。

「洸史郎は今頃、やきもちでソワソワしてるよ」

「そうだな。久々に再会できた平口と、休みが合わないのは気の毒だな」

夏生が真面目な顔で言うと、平口は噴き出した。

「だからそっちじゃなくて。あいつは屋敷のこと好きだろ？　俺に屋敷を取られるんじゃないかって、気をもんでるぞ、絶対」

夏生はまじまじと平口を見つめ返した。この男はなんという頓珍漢《とんちんかん》なことを言っているのだろう。

「そんなわけないだろう。春名《はるな》にとって俺は、単なる仕事の相棒でしかないよ。友達とすら思われてないと思う」

「いやいや、それこそそんなわけないだろ。だいたい、同じマンションに住んでるって時点で、もうあやしいし」

「それは仕事の利便上、その方がいいだろうって春名が……」

「ほら見ろ、囲い込みに入ってるじゃないかよ」

「違うって」

「ホントに鈍感《どんかん》だなぁ、屋敷は」

平口は呆《あき》れたように言う。

わかっていないのは平口だ。恋愛感情を抱いているのは夏生の方なのに。

もし万が一、洸史郎が夏生にそういう気持ちを抱いていたとしたら、こんなに意識している夏生が気付かないはずがない。

……それとも、相手にされていないという思い込みが強すぎて、洸史郎からの好意を感じ取るセンサーが働かなくなっているとか？

いやいや、それはない。だってもしそうなら、あんなに女遊びに励むはずがないし、洸史郎の性格からして、好きなら好きとはっきり言うに決まっている。

「さっきの映画だけど、あのお母さんは、亡くなった息子の気持ちに気付いてたのかな」

根も葉もないことで冷やかされるのも面倒くさいので、夏生は自ら話題を変えた。

「気付いてたっぽいよな。あのお母さんの作る安息日の料理もうまそうだったな」

いい具合に話が逸れたことに安堵《あんど》して、ケーキのおかわりをごちそうになりながらしばし映画の話に花を咲かせた。

帰宅して、今日の平口とのやり取りの中から作品に使えそうなことをメモに起こしていると、洸史郎から電話がかかってきた。

『エッセイの連載の件で相談があるんだけど、今から寄ってもいいか？』

夏生は「もちろん」と応じ、ほどなく訪れた会社帰りの洸史郎を部屋に招き入れた。

「ちょうどよかった。ケーキがあるんだ」

冷蔵庫の白い紙箱から、黒い森のケーキを皿に取り出す。俺は三つ目だけど、まあたまにはそんな日もあっていいか。

ケーキ皿をテーブルに持っていくと、洸史郎がネクタイの結び目を緩めながらじっと夏生を見つめてきた。

「珍しく楽しげだな」

そう言われて、自分の口元がほころんでいたことに気付く。楽しげというより、一日に三ピースもケーキを食べる自分に呆れ笑いしていただけなのだが。

「これ、平口のお手製。めちゃくちゃおいしいよ」

「バターケーキじゃないんだな」

「お店用じゃなくて、もてなしに作ってくれたみたい。今日平口に見せてもらった映画に出てきたんだ」

「映画を見たのか」

「うん。作中に出てくるカフェとスイーツが、新作の参考になるんじゃないかって」

洸史郎はケーキを一口頬張って、「うまいな。さすが」と目を細めた。

「どんな映画？」

夏生もケーキを食べながら、あらすじを思い出す。

「妻子持ちのビジネスマンが、出張先のカフェでパティシエの青年と恋に落ちるんだけど……」

洸史郎は胡乱げに眉を顰めた。

「……あいつ、どういう意図でそんな映画をチョイスしたんだ」

「どういうって、だから作中のカフェとスイーツがいい雰囲気なんだって」

「パティシエが登場する映画なんて、ほかにいくらだってあるだろ？　なんでよりによって男が男を好きになる話なんだよ」

何事に関しても偏見《へんけん》を口にすることのない洸史郎が、この間からこの手の話にやたら過敏なのがひっかかり、ふと平口が言っていたことを思い出す。

『あいつは屋敷のこと好きだろ？　俺に屋敷を取られるんじゃないかって、気をもんでるぞ』

もしかして本当にそうだったりして？

それで、バイセクシャルを公言していた平口が、映画を使って夏生を誘惑しようとしているとでも勘違いしたとか？

今まで考えたこともなかった方向性に動揺しながら、

「いや、その話には続きがあって、結局ビジネスマンは事故で亡くなっちゃって、パティシエは奥さんのカフェで働き始めるんだけど……」

変な沈黙と動揺をごまかそうと、気もそぞろにケーキを口に運びながら続きを説明しようとしたら、洸史郎は急に笑い出した。

「屋敷、口ひげヤバいって」

「え?」

「めっちゃチョコついている」

トッピングのチョコレートのかけらが、口の周りについてしまったようだ。舌で舐《な》めとろうとすると、「そっちじゃない」と洸史郎が笑いながら夏生の口元に指を伸ばしてきた。

心臓がドドンと跳ね上がる。

こういうシチュエーションを、ドラマやマンガで百回くらい見たことがあるぞ!

夏生は椅子を蹴って立ち上がった。

「どこだろ。鏡で見てくる」

滑稽《こっけい》なくらいドタバタと洗面所に逃げ込む。

しかし鏡に映った間抜け面《づら》を見て、ヒロイン妄想は一気に醒《さ》めた。ドラマにあるような、クリームちょんとか、米一粒のようなかわいらしさではなく、見苦しい無精ひげ状にチョコレートが付着している。

こんな顔で、もしや向こうも俺のことを？　なんて想像しかけた自分が恥ずかしすぎる。

「平口が変なことを言うからだ」

鏡に向かって恨《うら》みがましくぼやき、顔のほてりとチョコレートをきれいさっぱり洗い流してリビングに戻ると、洸史郎はもうさっきのおかしな空気などなかったかのように、テレビを見ていた。やはり完全に夏生の思い違いだったようだ。

夏生ももう映画のあらすじの続きは封印して、洸史郎の訪問の目的である仕事の話にスライドして、打ち合わせを遂行《すいこう》したのだった。


『初稿、とても面白く読ませていただきました』

電話の向こうから、小倉《おぐら》は弾《はず》んだ声で言った。

パティシエを主人公にした新しい小説は、季刊誌で一年かけての連載となる予定で、昨日、一話目の初稿を送信したところだった。ひとまずいい感触に、ほっと胸をなでおろす。

『主人公が働くカフェの様子とか、お菓子作りの描写とか、すごく素敵に書けていて、恋愛描写とあいまってこの先の展開がとっても楽しみです』

「ありがとうございます」

『いつもはお仕事描写の部分はだいたい春名先生が担当されますけど、今回は屋敷先生が書かれたそうですね。俺の仕事がなくなりそうって春名先生が苦笑いしてましたけど』

「まさか。ヒロインの勤務先とか、警察関係のところとかは、いつも通り全部春名が担当してくれたんですよ」

『相変わらずリアリティがあって面白かったです。春名先生はその辺ホントにお上手ですよね』

「俺には絶対書けません。取材先のパティシエがたまたま同級生だったから、今回はなんとか一人で取材もできたけど、やっぱり春名のコミュ力と機動力には遠く及ばないです」

『ふふ。屋敷先生がそのパティシエさんと急速に仲良しになっちゃって、春名先生はちょっとやきもち焼いてるみたいですね』

軽い調子で小倉に言われて、ドキリとする。先日平口にからかわれたのに続けて、またしても、だ。

一体どうしてみんなそんな突拍子もないことを思いつくのだろう。

「そんなわけないですよ。春名にとって俺は、ビジネスの相棒ってだけの存在です」

『またまたご謙遜《けんそん》を。春名先生は屋敷先生のこと、大好きですよね』

「どこをどう見たら、そう思えるんですか」

『すべてです。まず、屋敷先生を見る目に慈愛《じあい》が溢《あふ》れてます』

「慈愛……」

『スケジュールの打ち合わせでも、とにかく屋敷先生の仕事のしやすさとか、健康面のことかを第一に考えてらっしゃるし。愛なくしてはできないことですよ』

「それは、金づるをなるべく長く働かせるための方策かもしれない」

夏生がぼそぼそ言うと、小倉は『ひどいですね、屋敷先生』と笑い出した。

『春名先生が聞いたら泣きますよ。あんなに大事にしている屋敷先生にそんなふうに思われてるなんて』

「いや、ちょっと可能性として言ってみただけです」

『可能性でもやめてあげてくださいね。そもそも金銭的なことで言ったら、優良企業の正社員でもある春名先生は、別にこっちのお仕事が無くなっても困らないですよね。屋敷先生の才能を愛しているからこそ、頑張ってらっしゃるんだと思います』

そんなわけがないことは、二十年近く洸史郎を見てきた夏生が一番よくわかっている。多額の奨学金の返済には副業が必要だと言っていたし、小説を書くのも、夏生のためというより、やってみたら案外性《しょう》に合っていて楽しかったに違いない。

だが、複数の相手から立て続けにそんなふうに言われると、なんだか変な気持ちになってくる。

絶対あり得ないことだけれど、もしかして第三者の目の方が、真実を見抜いているなんてこともあるのだろうか。

いや、ないない。あるはずがない。

でも万が一……。

洸史郎と自分が両想いの世界を夢想してみる。

仕事だけでつながっている今は、いつか洸史郎に特別な相手ができて、この関係性が薄まってしまうのではないかと、いつも心の中で憂えている。

でも、もしも洸史郎も夏生のことを好きでいてくれたら、そんな不安はなくなる。同じマンションどころか、同じ部屋で、ずっと二人で過ごせて、もう、気持ちを気取られまいとびくびくしながら接する必要もなくなる。

洸史郎に触れることだってできるのだ。抱きしめたり、抱きしめられたり、キスとか、あるいはもっと……。

『もしもし、屋敷先生?』

小倉の声でハッと我に返り、夏生は動揺のあまりスマホを放り投げた。

俺は何を考えているんだ!? バカバカバカバカ!

『屋敷先生? どうかされましたか?』

夏生は慌ててスマホを拾い上げた。

「すみません、ちょっと手が滑《すべ》りました」

全身から汗が吹き出す。顔が熱い。

だからあり得ないって言ってるじゃないかっ！

自分にツッコミを入れながら、夏生は口調だけは何事もなかったふうを装って、小倉と細部の改稿について話し合った。

電話を切ったあとも、胸の奥がソワソワして、落ち着かなかった。洸史郎との両想いを妄想したときの、今まで感じたことのない高揚感といったら……。

自分がとんだ変態野郎になったような気がして、夏生はぐしゃぐしゃと髪をかき回した。

今も昔も、洸史郎はあくまで夏生が一方的に想いを寄せる憧れにすぎない。実らないから尊いし、この感情を抱《かか》え続《つづ》けていることこそが、恋愛小説を書く上での原動力でもあるのだ。

創作に生かせる妄想ならいざ知らず、変態チックな想像はやめやめ。

夏生はおかしな妄想を追い出すべく、さっそく今打ち合わせをした改稿に取り掛かった。

しかし気付くと洸史郎のことを考えていて、集中できない。そんなときに限って、上の階の住人の足音がやけに気になる。

上階には少々やんちゃなタイプが住んでいるようで、真夜中に洗濯機を回したり、人を呼んで騒いだりしているようだ。夏生はそこまで神経質ではないので、普段はあまり意識していないが、原稿が進まない時などはなんとなく物音が気になってくる。

建材が薄いマンションではないから、すべてが聞こえるわけではないが、愛を交わしているらしい気配が響いてくることなどもあって、まさに今日もそんな雰囲気だった。

それとも、夏生の頭の中が変な妄想で溢れているから、ギシギシいう音がベッドのきしみに聞こえるのだろうか。

ぐるぐるしていると、スマホの液晶画面が明るくなった。平口からの着信が表示されている。なんとなく救われた気分で、夏生は通話に応じた。

『今、電話平気？』

「平気だよ」

『仕事中じゃなかった？』

「仕事してたんだけど、上の階がうるさくて、集中が途切れてたところ」

『うわ、大変だな。仕事場を兼ねたマンションがうるさいなんて』

「まあ、いつもってわけじゃないから」

『あんまりうるさい日は、うちを使えば？　今、三階は入居者いなくて物置状態だから、いつでも歓迎するよ。時々泊まりに来る友達用に、ソファベッド完備だし』

本気とも冗談ともつかない誘いを、夏生は「ありがとう」と受け流した。

平口の要件は、夏生が父親の還暦《かんれき》祝い用に手配した焼き菓子の注文に関してだった。

やり取りしているうちに、雨だれの音が聞こえてくる。

「雨降ってきたね。真冬の雨って珍しいな」

夏生が言うと、電話の向こうで平口が怪訝そうな声を出した。

『雨？　月がすごく綺麗に見えてるけど？』

「え、ホント？」

ならば局地的なにわか雨だろうかとカーテンをめくってみたが、確かに月が冴え冴えとした光を放っている。

じゃあ、この音はいったいなんだ？

カーテンから手を離し、夏生は背後を振り返った。雨だれの音は外ではなくて、リビングのドアの向こうから聞こえた。

恐る恐るドアを開けると、玄関に続く廊下が濡れて光っている。

顔をあげると、天井《てんじょう》にシミができていて、そこから水滴がぽたぽたと落ちてきていた。

「うわ、水漏れしてる！」

『マジか！　大丈夫？』

「大丈……夫じゃなさそう」

際限なく垂れてくる水滴に愕然《がくぜん》とし、とりあえず平口に詫《わ》びて電話を切った。

こういう場合、どこに連絡するんだっけ？　上の階の住人の連絡先など知らないし、管理人も夜間はいない。

これまで、マンションの契約更新や不具合の修理の依頼などは、すべて洸史郎が先回りしてやってくれていたので、ついまかせっきりになっていて、とっさに連絡先も思いつかない。

自分のダメっぷりに呆れながらも、とにかくこのままにしておくわけにはいかないから、洸史郎に電話をかけた。

ちょうど帰宅途中だった洸史郎は、不動産屋に連絡を入れたうえで、すぐに来てくれた。

不動産会社の担当者と水回りメンテナンスのスタッフがやってきて、上階を調べた結果、追い炊《だ》き機能の故障で風呂の水が溢れ、洗い場の排水口も運悪く発泡《はっぽう》マットレスでふさがっていたせいで、廊下まで水が溢れだし、階下に漏れたとのことだった。上階の住人はおそらく本当に夏生の想像通りのお取り込み中だったようで、漏水《ろうすい》に気付かなかったらしい。

ひとまず天井と壁に応急処置のブルーシートが施《ほどこ》された。

「内装の工事と乾燥に、最低でも十日ほどかかるようですが、その間、ホテルに移りますか？もちろんホテル代は保険がおります」

不動産会社のスタッフが言った。居住スペースに影響がない場合、工事中も住み慣れた部屋で寝起きする人も稀《まれ》にはいるらしいが、自宅を仕事場にしている夏生にはちょっと厳《きび》しい。面倒でもホテルに移る方がよさそうだ。

「そうですね、じゃあホテルに」

手配を頼もうとしたら、洸史郎が割って入ってきた。

「そんな時こそ頼れる部屋が近くにあるだろう」

そう言われて、ふとさっきの平口からの電話を思い出した。ビジネスホテルの狭苦《せまくる》しい部屋より、あの素敵な住宅街の三階の方が居心地がよさそうだ。しかも、店舗に下りれば、おいしい焼き菓子を買えるのだ。

「そうだな。すみません、ホテルは大丈夫です」

「わかりました。工事の詳細《しょうさい》は、また明日ご連絡します」

スタッフが引き上げた部屋で、夏生はやれやれとため息をついた。

「とんだ災難だったな」

洸史郎が苦笑いする。

「いろいろ面倒かけちゃってごめん。とりあえず水漏れも止まったし、この部屋の機能自体には問題がなさそうだから、もう大丈夫。洸史郎も帰って休んで」

「問題ないって言っても、このブルーシートだらけの部屋じゃ落ち着かないだろう。もう今晩から上にくればいい。とりあえず必要なものだけ持って」

「上？」

「ああ。ホテルはやめて、俺の部屋に泊まることにしたんだろう？」

「え」

夏生は固まった。

言われてみれば確かに、同じマンション内にコンビの相方の部屋があるのだから、そこにしばし置いてもらうのがもっとも理にかなっている。洸史郎としても、この状況ではそう誘わざるをえないだろう。

だが、洸史郎の部屋も、夏生と同じ単身者用の1Kなのだ。

「ありがたいけど、俺が押しかけたら息が詰まるだろう。そんなにスペースがあるわけでもないし」


「どうせ日中はいないんだから、のびのび仕事してればいいだろ」

それはそうだが、長い片想いをしている相手の部屋に日中一人でいたりしたら、いろいろヤバい妄想をしたりして、仕事が手につかなそうだ。しかも夜は同じ部屋で寝るということで……。

日ごろから打ち合わせなどでお互いの部屋を行き来してはいるが、それはあくまで用件があっての短時間の滞在だから、お仕事モードで気を張っていられる。だが十日の滞在となるとそうはいかない。いっときも気を抜かずにいるなんて不可能だ。うっかり想いがバレてしまったりしたら、気持ち悪がられて距離を置かれるかもしれない。

脳内のぐるぐる思考に集中するあまり無表情になって立ち尽くしていると、洸史郎が不思議そうな顔で言った。

「さっきは俺の誘いにのってホテルを断ったのに、なんでいまさら躊躇するんだよ」

「いや、あれは平口のところにお世話になろうと思って言ったことで……」

「省吾《しょうご》？」

洸史郎が眉間《みけん》にしわを寄せる。

「この騒ぎの前に、たまたま電話で、空き部屋があるから仕事部屋に使っていいって言ってもらったんだ」

それは渡りに船だなと、喜んでくれると思ったのに、洸史郎はますます険《けわ》しい表情になった。

「わざわざ省吾のところに行く意味がわからない」

「平口の家の三階は賃貸用の物件で、平口の居住スペースからは独立してるらしい。静かな立地で仕事にも集中できそうだし」

夏生が言えば言うほど、洸史郎は不機嫌な顔になっていく。

「そんないい条件の部屋に、ただで住めると思ってるのか?」

「もちろん対価は払うつもりだよ」

夏生にだってそれくらいの常識はある。

「……対価?」

しかし洸史郎は更に不機嫌になる。

なんだよ、これ。まるで俺が平口のところにいくのにやきもちを焼いているみたいじゃないか。

そんなことを考えて、ふと、最近平口と小倉から立て続けに指摘されたことを思い出す。

『あいつは屋敷のこと好きだろ? 俺に屋敷を取られるんじゃないかって、気をもんでるぞ』

『春名先生は屋敷先生のこと、大好きですよね』

まさか、本当にそういうことなのか?

いやいやいやいや、だからそんなはずはないって。女の子大好き、合コン大好きな洸史郎が、俺を好きだなんてありえない。

「と……とりあえず平口も社交辞令で言っただけかもしれないから、一応事情を話してもう一回確認してみる」

この変な空気からいったん離れたくて、夏生はデスクの上のスマホに手を伸ばした。

履歴《りれき》からリダイヤルしようとすると、洸史郎が手を伸ばしてきて、スマホを奪い取った。

「うちにくればいいって言ってるだろ」

「ちょっと、なにするんだよ!　返せよ」

取り返そうと手を伸ばし、もみ合ううちにブルーシートの端を踏んでしまい、滑って転倒しかける。

「うわっ」

反射的に目の前にあった洸史郎の肩に縋《すが》り付き、洸史郎も夏生の腰に腕を回して支えてくれる。

抱き合うような姿勢で、見つめ合って固まる。

心臓が、自分とは別の生き物みたいに、左胸で暴れまわる。

鼓動が部屋中に響き渡っているような気がして、トイレの擬音《ぎおん》装置みたいに、なにかでこのやっかいな心音をかき消さなければと焦る。

なにかといっても、この状況で音が出るものなんて、自分の喉しかない。

「あ、あのさ、春名は、俺のことを……」

しゃべってごまかそうとして、とっさに口から飛び出したのは、予想外に音量の大きな声と、とんでもない一言だった。

俺のことを好きなのか？

どストレートに続きそうになった言葉に羞恥心がブレーキをかける。

夏生の声の大きさに顔を顰めながら、洸史郎が問い返してくる。

「え、なに？」

「いや、その、なんていうか、この流れって、まさかだけど、俺とつきあいたいとか思ってるのかなって……」

恥ずかしくなって表現を婉曲《えんきょく》にすり替えたが、内容に大差はなかった。

ついに、ついに言ってしまった。

内心激しく動揺する夏生を見下ろして、洸史郎はくっきりとした二重の瞼を三回ほど瞬《しばた》き、考え込むようにして言った。

「つきあうって、恋愛的な意味で？　屋敷とキスしたりセックスしたりする関係になるっていうこと?」

　すぐ目の前にある洸史郎の唇から、生々しい言葉がするりと出てくるのを聞いて、顔に血が上る。

　じっとこちらを見つめてくる洸史郎の瞳には、夏生が映っている。いまさらながら距離の近さにぎょっとなり、洸史郎につかまっていた手を放して、飛びのくように一歩下がった。

　そんな夏生を見て、洸史郎は笑みを浮かべてきっぱり言った。

「屋敷とそんな関係になりたいなんて、考えたこともないよ」

　当然の回答だった。そんなことはわかりきっていたじゃないか。

「突然どうしたんだよ?」

「……いや、あんまりしつこく誘ってくるから、ちょっと冗談で言ってみただけ」

「屋敷が冗談なんて珍しいな」

　洸史郎は笑いながらスマホを夏生に返してきた。

「確かに、俺もムキになりすぎた。仕事の上では俺のところに来た方がいいのに、省吾のところに行くなんて言われたら、相方としては面白くないだろ?」

　そういう意味では嫉妬したかもな、などと爽やかに微笑まれて、夏生も笑い返すしかなかった。

「もしかして、何か変な誤解した?　だったら百パーセントなんの心配もないから、安心して来いよ」

洸史郎は夏生が荷物をまとめるのを待つ様子で、ドアにもたれて腕組みして立っている。

「そうだな……」

夏生は部屋を見まわし、それから洸史郎に肩をすくめてみせた。

「とりあえず、今夜はもう寝るだけだから、部屋の移動は明日考えることにする」

洸史郎はしばし無言で夏生を見つめていたが、ふっと表情を緩めた。

「わかった。じゃあ、エントランスの郵便受けに鍵を入れておくから、俺が仕事に行っている間に勝手に使っててていいからな」

「うん。色々ありがとう」

「何かあったら、また呼べよ」

笑顔で言ってドアの向こうに消えていく洸史郎を見送り、ドアが閉まったとたん、夏生は頭を抱えてしゃがみこんだ。いたたまれなさで地面にめり込みそうになる。

「……はっず」

まったくもって、史上最大の大恥をかいた。平口や小倉がおかしなことを言うから。そのうえ洸史郎まで変な態度をとるから、うっかりとんだ羞恥プレイを演じてしまったじゃないか。

その場にうなだれながら、しかし心をどんより覆《おお》うのは、単なる恥ずかしさだけではないことも自覚していた。

すごく、ものすごく、ショックだった。

ありえないことだとわかっていたのに、心の奥の奥の無意識の領域で、自分がわずかばかりの期待を抱いていたことに初めて気付いた。

周囲の冷やかしを、口では「そんなわけない」と否定しながら、その実、ちょっとその気になっていたのかもしれない。

学生マンションまでは偶然だったけれど、その後、作家としてコンビを組んだいきさつや、このマンションへの引っ越しは、すべて洸史郎主導だった。そのうえ、ありえないくらいの面倒見のよさ。

洸史郎にとって夏生は、もしかしたら特別な存在なのではないかと、勘違いしかけてしまったのだ。

でも、違った。

そんなわけない、と頭の中で思っているのと、本人の口からはっきり白黒つけられてしまうのとでは、雲泥《うんでい》の差があった。

あっさり否定されたことで、逆に夏生は自分の本心とまじまじと向き合うはめになった。

洸史郎のことが好きだった。洸史郎と恋愛したかった。キスだって、セックスだって、本当はしたかった。

息もできないくらい激しいキスを交わしたかったし、頭がおかしくなるくらいいやらしいことを洸史郎としたかった。

なにより、この世で一番夏生のことを愛していると言って欲しかった。

自分の本音に、自分で打ちのめされる。そして、ショックを受けている自分にさらなるショックを受ける。

だって、わかりきっていたことだろ?

あの、手の早そうな洸史郎が、二十年もそばにいながらなにひとつそんな兆候《ちょうこう》を見せない時点で、眼中にないことは明らかじゃないか。

なんだか視界がぼやけてきて、夏生は眼鏡をはずして、手の甲でごしごしと目元をこすった。

いや、別に泣いていない。ちょっと情緒《じょうちょ》がおかしくなっているだけで、ギリ持ちこたえている。

そもそも、泣いている場合ではない。こんな本音が露呈《ろてい》したら、洸史郎はドン引きして、コンビを解散したいと言い出すかもしれない。

次に洸史郎に会う時までに、心の落ち着きを取り戻しておかなくては。

夏生は立ち上がって、ブルーシートに覆われた廊下を眺めた。

とにかく、こんな情緒で洸史郎の部屋にやっかいになるわけにはいかない。

手の中のスマホの画面に指先を滑らせて、夏生は平口の履歴をタップした。

5

あまりはかどらない改稿作業の手を止めて、夏生《かお》はひとつため息をついた。

窓の外には、見慣れない閑静《かんせい》な住宅街が広がっている。冬晴れの空を小鳥が鋭い鳴き声を上げて行きすぎる。

窓もドアも閉ざしているのに、室内にはほんのりと焼き菓子の甘く香ばしい香りが漂っていた。

昨夜、平口《ひらぐち》から部屋の使用を快諾《かいだく》してもらって、今朝《けさ》早々に必要最低限の荷物だけ持ってやってきた。

物置になっているのは奥の個室だけで、ＬＤＫはすぐに使える状態だった。

『掃除しておく時間がなかったから、自分で適当に頼む』

そう言って平口はフロアモップを置いていってくれたが、大した汚れもなく、あっという間に形ばかりの掃除は終了してしまった。そうなるともう、仕事をするほかなく、ローテーブルにパソコンを広げてみたものの、この一時間で数行ほどしか進んでいなかった。

気付くと、洸史郎《こうしろう》のことを考えてしまっている。

洸史郎との関係は、表面上なにも変わっていない。不毛な片想いを押し隠しながら、仕事上のパートナーとしてこれまで通りの日々を送っていくだけのこと。

しかし一夜明けたら、あらためてしみじみショックだった。

どうしてあんな余計なことを訊いてしまったのだろう。訊かなければ妄想の余地を残しておけたのに。

妄想するだけなら自由だと、今までは思っていた。しかし、ああもきっぱりノーをつきつけられたあとでは、妄想する気力すらわかなかった。

夏生が小説を書くきっかけは洸史郎への想いであり、そこから始まる妄想だった。シチュエーションもバリエーションも様々だが、根底にあるキュンは、洸史郎に対して感じるときめきで、その感覚から逆算して物語を作っていた。

その源を封じられたら、人生も仕事も急にしおしおとしなびて見えた。

こんなことではいけない。妄想から始まった創作は、もはや遊びではないのだ。しおれている場合ではない。

実生活からキュンを得られないなら、フィクションから得るしかない。タブレットの動画アプリを開いて、恋愛ドラマの再生マークをタップしたところで、インターホンが鳴った。モニターに平口の顔が映っているのを確認して、鍵を開けた。

平口はトレーを夏生の前にかざしてみせた。

「昼休憩なんだけど、一緒にどう？　集中してるところだったらごめんだけど」

「いや、ちょうど煮詰まって一休みしようと思ってたところだから、ありがたい。平口こそ店はいいの？」

「ああ。バイトの子にレジを頼んできた」

ローテーブルに、焼き菓子とマグカップが載ったトレーをおろしながら、平口は興味深げに夏生がフラップを閉じたパソコンを見つめた。

「ホントに作家なんだな、屋敷《やしき》って。かっこいいよな」

「全然。平口の方がかっこいい。こんなおいしそうなものを作れるなんて」

「これはケーク・サレって言って、甘くない総菜ケーキ。今日のはほうれん草とチーズが入ってる」

「甘くないケーキって初めて食べる」

いただきます、と手を合わせ、薬物が焼きこまれたケーキをフォークで切り分け、恐る恐る口に運んだ。

まだほんのりあたたかいケーキは、塩味と野菜の甘みがあいまって、あとを引くおいしさだった。

「おいしい！　具材はキッシュっぽいけど、食感がほろっと軽くて、こっちの方が断然好き」

「口に合ったならなによりだ。それにしても、漏水だなんて災難だったな」

ケーキを食べながら、平口が同情の笑みを浮かべた。

「まさかマンション暮らしで雨漏りを疑似《ぎじ》体験するなんて思わなかったよ。平口のおかげで、本当に助かった」

「空き部屋が役に立ってよかったよ。だけどよく洸史郎が黙って送り出したな。同じマンションに住んでるんだろ？　あいつ、面倒見がよさそうだし、自分の部屋に来ればいいって言われなかった？」

送り出したもなにも、洸史郎はまだ何も知らない。朝、洸史郎の部屋のポストに、しばらく平口の家で過ごす旨《むね》を記したメモを投函《とうかん》しておいた。

「言ってくれたけど、あそこのマンションは単身者用で間取りがコンパクトだから、いくら十日前後って言っても、二人暮らしはちょっと……」

「そうか。まあ屋敷は昔から孤高の人って感じだもんな。だけど洸史郎は残念がってるんじゃないか？」

残念がっているのは、むしろ夏生の方だ。

いや、残念などという軽い言葉では言い表せない虚無感《きょむかん》が、胸の中に広がっている。

これ以上、洸史郎の話題を振られたくなくて、さっきからＢＧＭ程度に流れていたドラマの音量をあげた。

奇《く》しくも画面の中では、想いを寄せていた男に振られたヒロインが、部屋でやけ酒を飲んでいた。

「あ、このドラマ、俺も本放送のとき見てた。何度振られても立ち直る、健気《けなげ》なのか図太いのかわからないヒロインがコミカルで面白いよね」

「だよね」

夏生も普段はラブコメとして気楽に視聴しているのだが、今日はヒロインの嘆《なげ》きが身に染みた。

「……平口は失恋ってしたことある？」

洸史郎の話題から離れようとしていたのに、ドラマがらみで思わずそんなことを訊ねてしまった。

「もちろんあるよ」

「立ち直るのにどれくらいかかった？」

平口は不思議そうに眼をぱちぱちさせた。

「どうした、急に」

「いや、ちょっと仕事がらみでリサーチを」

「なるほど」

頷きながらコーヒーを飲んで、記憶をさかのぼるように空《くう》を見る。

「恋愛自体、もう五、六年ご無沙汰《ぶさた》だけど、最後の相手のことはまだ引きずってるから、結構時間がかかる派かな」

「五、六年……」

夏生は絶望とともにつぶやいた。明るくてさばさばしていそうな平口でも、そんなに引きずるのなら、修理が終わるまでの十日やそこらで夏生が立ち直れるわけがない。それどころか一生立ち直れない可能性まである。

「……大変だったな」

夏生が言うと、平口は笑って首を振った。

「いやいや、別に四六時中そんなことを考えてるわけじゃないよ。立ち直れずにいるとか、大《おお》仰《ぎょう》な話でもない。言われたから思い出したってだけ。それに、恋愛なんて人生を構成するほんの一要素にすぎないだろう?」

その通りだ。生きていくうえで、必ずしも恋愛が必要なわけではない。

平口はケーキの大きな一切れを口に放り込むと、咀嚼《そしゃく》しながら立ち上がった。

「そろそろ仕事に戻る。屋敷も頑張って」

「ありがとう」

玄関で平口を見送り、夏生は深いため息をついた。

そう、恋愛なんて、人生を彩《いろど》るほんの一要素にすぎないはずなのに。

夏生の人生においては、洸史郎への想いが日々の原動力のほとんどすべてだった。洸史郎への想いを物語に変換して文字に綴《つづ》り、それがきっかけで洸史郎とコンビを組み、やがてそれが仕事になった。

実らない片想いに終わりはなく、この先もずっとひそかに洸史郎を想い続ける日々が続くと思っていた。

しかし、幕切れはあっけなかった。まさか上階からの水漏れが、こんな事態を招くとは。

夏生はテーブルの前に戻って、再びノートパソコンを開いた。

もういっそ、終わりのない苦しみから解放されたのだとポジティブに考えることにしよう。洸史郎に特別な相手ができることをずっと心の中で恐れ続けてきたけれど、そんな婉曲な終わり方ではなく、はっきりと対象外通告されたのだ。

今まではずっと、片想いのときめきを文字に綴ってきた。これからは失恋の切なさ苦しさを表現することで図太く小説を書き続けてみせる！

そう決意して、パソコンの前に正座してみたが、今書いているのはまさに片想いの甘酸っぱさを主題にした物語。職業作家たるもの、その日の気分で書きたいものを書けばいいというものではない。

とにかく仕事に没頭することで、水漏れ被害を受けた室内以上に重く湿った自分の気持ちから目をそらそうと、夏生はピアニストが最初の音を鳴らすときのように、重々しくキーボードに両手をのせた。

再び玄関のインターホンが鳴った時、夏生は固まった指をキーボードの上からおろした。開いたままのカーテンの外は、いつの間にかすっかり暗くなっていた。集中しすぎて時間が経《た》つのを忘れていたわけではない。逆にまったく集中できずに、来《こ》し方《かた》行く末を考え続けている間に、気が付いたら半日が過ぎていた。

時計に目をやると、もう八時を回っている。

夏生はしびれた足をなんとかのばして立ち上がった。きっとまた平口が差し入れにでも来てくれたのだろう。

気を遣わせて申し訳ないなと思いながら無防備にドアを開けると、そこに立っていたのは、平口ではなく洸史郎だった。

一日中考え続けていた男の姿に、一瞬幻かと思い、しばし無言で見つめてしまう。

「これ、どういうことだよ」

洸史郎は夏生がポストに入れていったメモを突き出してきた。スーツにコートを羽織り、ビジネスバッグも提げたままの格好からして、帰宅してポストのメモを発見して、その足でここに来たようだ。

「どういうって……そこに書いた通りのことだけど」

洸史郎はいつになく不機嫌そうなまなざしで夏生を見つめてくる。

「俺の部屋を使えばいいって言っただろ？　鍵を郵便受けに入れておくからって、昨日ちゃんと言っておいたよな？」

「……気持ちはありがたいけど、あのマンションは単身者用で、誰かと暮らすようにはできてないから」

「暮らすなんて大袈裟《おおげさ》な。単に十日ほど緊急避難するだけだろう？」

「一日二日ならともかく、十日も春名《はるな》のところに世話になったら、お互い息が詰まる。寝る場所だって限られているし」

寝起きというつもりで言ったのに、寝るという表現に自分で動揺してしまい、思わず視線を泳がせると、それをどうとったのか、洸史郎はふっと笑った。

「もしかして、まだなにか変な誤解してる？　俺は屋敷をどうこうしようなんて微塵《みじん》も思ってないぞ。そんなふうに思われてるとしたら、心外だよ」

身の潔白を強調する洸史郎の言葉は、夏生の心をザクザクと切り刻む。

そんなこと、何度も言われなくたってもう充分わかっている。わかっているから、洸史郎のところにはいけないのだ。

夏生の表情がさらなる誤解を生んだようで、洸史郎はより強調してきた。

「本当に、俺の部屋は絶対安全地帯だぞ」

「……わかってるよ」

「だったら戻って来いよ。仕事の都合上も合理的だろう？」

「俺のパーソナルスペースが広めなのは、春名だって知ってるだろう。あの部屋に二人は無理だ」

「だったら、ホテルを借りればよかったのに。なんで省吾《しょうご》のところなんだよ」

不満そうな口調でそう言われて、夏生は眉を寄せた。洸史郎がどうしてしつこく詰め寄ってくるのか、意味がわからない。

洸史郎は、ホテルか平口の部屋かという二択でなにやら不機嫌になっているが、夏生にとっては洸史郎の部屋かそれ以外かの二択だった。たまたま平口が声をかけてくれた縁でここを使わせてもらっているし、閑静で立地もよくて心底感謝しているが、洸史郎がそこまで言うなら別にホテルだって構わない。

「わかった。じゃあ、ホテルに移動する」

宿泊先を検索するためにスマホを取ってこようと室内に引き返しかけたら、後ろから腕を引っ張られた。

「待てよ。なんなんだよ、その不貞腐《ふてくさ》れたみたいな言い方」

こんなにしつこく絡んでくる洸史郎は初めてで、面食らう。

「別に不貞腐れてない。洸史郎がそうしろって言うから」

言う通りにしているのに、洸史郎の眉間のしわは消えない。夏生は摑まれた腕を見下ろした。手首に爪が食い込んで、ズキズキする。

『待てよ』と引き留められて、腕を摑まれるドラマみたいなシチュエーション。以前だったら妄想の燃料にしてドキドキできたはずだ。

でも今は胸が水気を含み切ったスポンジみたいに重いばかりだった。

こんな不機嫌な顔で、痛めつけるみたいな力で腕を摑んで、洸史郎はよほど虫の居所が悪いのだ。

平口に部屋を借りたのが気に入らないというから、洸史郎の言う通りにホテルに移ろうとすれば、それも気に入らないという。つまり、夏生の言動すべてが気に入らないということだ。

昨日まではあんなにうまくいっていたのに。

洸史郎は温厚で頼りがいのある相棒だった。こんなふうに不機嫌になったりしたことは今まで一度もなかった。

夏生は決してペシミストではないが、昨日からの情緒不安定のせいで、思考がいつになくマイナスな方向に流れていってしまう。

なんだかわからないけれど、今の洸史郎は突然堪忍袋《かんにんぶくろ》の緒が切れたとでもいう感じだろうか。

今まで仕事だからと我慢してきたが、急に耐えきれなくなって、イライラと本音が出たのかな。

もしかして、もうコンビで仕事をするのが嫌になった？　副業の収入が必要なくなったとか？

「……春名」

「なんだよ」

「奨学金って、あとどれくらい残ってるの？」

夏生の突然の質問に洸史郎は「は？」と戸惑ったような表情になった。

「この前、全額繰り上げ返済したけど？」

それで合点がいった。だから洸史郎はもう、夏生の機嫌を取って仕事を続けていく必要がなくなったのだ。

「そうか、おめでとう。それから今までありがとう」

「は？」

「とりあえず、今進行中の連載まではつきあってほしいけど、あとは春名の好きにしていいから」

自分の言葉に、薄紙で皮膚《ひふ》を切ったときのようなひりひりした痛みを覚える。本当は仕事の上だけでもいいからずっとつながっていたかった。でも、洸史郎がこの関係に見切りをつけたいと思うようになったら、執着してはいけない。

夏生は、遠い昔を思い出した。教室で、いつも一人で本を読んでいたあの頃。多分、周囲からは孤立して浮いているように見えていただろう。そう思われることに若干《じゃっかん》の居心地の悪さはあったし、だからこそ読書で武装していたが、少なくともあの頃の夏生は孤独や淋しさとは無縁だった。

今、洸史郎に腕を摑まれながら、夏生は底なしの孤独を感じていた。ビジネスコンビとはいえ、洸史郎と長い時間を共にしてきた。あったものが失われる孤独感は、友達が一人もいないことよりも淋しかった。

「突然なに逆ギレしてるんだよ」

洸史郎は怒ったような途方にくれたような顔で言う。

夏生はキレているつもりなどひとつもなかった。もともと愛想がいい方ではないうえに、声が震えそうになるのを抑えるためにさらに抑揚《よくよう》がなくなって、それがどうやら洸史郎には不機嫌そうに聞こえたらしい。

「キレてなんかないよ。春名には感謝しかない。とりあえずホテルを探すから。じゃあね」

これ以上しゃべっていると、自分がどうなるかわからないので、夏生は話を切り上げて部屋の中に戻ろうとしたが、洸史郎は摑んだ手を放してくれない。それどころかますます指を食い込ませてくる。

「勝手に話を終わらせるなよ」

「痛い！　離せよ！」

夏生は摑まれた腕を振り回した。

「いきなり解散みたいなこと言い出して、どういうつもりだよ。ちょっと一回落ち着けって」

摑んだ手を引っ張って、洸史郎は暴れる動物を落ち着かせるように背中に手を回してきた。

抱き寄せられるみたいな体勢に心拍数が跳ね上がり、そんな自分が心の底から嫌になる。恋愛対象外だとはっきり宣告されているのに、理性の力でときめきを抑えられない自分が、みじめで悲しくて恥ずかしかった。

「……離せって言ってるだろっ」

涙声になってしまうのをごまかしきれない。

「屋敷？」

「放せ！」

もみ合っていると、外階段を昇ってくる足音が聞こえた。

「おい、なに騒いでるんだよ」

平口が怪訝そうな顔で二人を交互に見る。

洸史郎の拘束《こうそく》が緩んだ隙に、夏生は平口の背後に逃げ込んだ。

「屋敷！」

「こらこら、住宅街で大声出すなって」

一歩踏み出す洸史郎を、平口がラプトルと対峙《たいじ》したオーウェンみたいに手のひらで制する。

「仲良しコンビがなんの喧嘩《けんか》だよ」

「喧嘩なんかしてない」

洸史郎がきっぱり言うと、平口は背後の夏生をちらっと見た。

「じゃあなんで屋敷を泣かせてるんだよ」

「泣いてない！」

夏生は眼鏡をもちあげて手の甲でごしごし目元をこすった。

「喧嘩もしてないし、泣いてもいない、と。じゃあ夜の住宅街で怒鳴りあってる理由はなんだよ？」

洸史郎はばつが悪そうに額の髪をかきあげた。

「……仕事の利便上、俺の部屋に来いって言ってるのに、屋敷が拒否するから、つい」

「だからあんな狭い部屋に二人じゃ、仕事にならないって言ってるだろ」

「俺がいない時間帯に仕事すればいいだろ」

「そういう問題じゃない！」

「じゃあどういう問題だよ？」

「どういう問題でも、春名には関係ないだろっ」

平口という盾《たて》ができたことで、つい発言が強めになる。

洸史郎は、平口とその背中にはりついている夏生をじっと見て、苦悶《くもん》ともいえる表情を浮かべて言った。

「確かに俺に屋敷を束縛《そくばく》する権利はないし、二人が合意の上なら、屋敷が身体で家賃を払うのを止める権利はないかもしれないけど……」

「は？」

「え？」

こんな状況で出てくる冗談にしては、笑えない。

夏生はもちろんのこと、平口も胡乱《うろん》げな様子になって問いかける。

「身体で払うって、いったいなんの話だ」

「言ってただろ。対価は払うって」

どうやったらそれを身体で払うなんて誤解できるのだろうか。

「……普通に考えて、対価っていえば金のことだろう」

夏生が呆れながら言うと、「だよね？　もちろん対価なんていらないけど」と平口が笑った。

「え、そうなの？」

洸史郎は目を瞬いた。

「俺が屋敷に身体で家賃を払わせるとか、おまえ、どういう思考回路だよ」

半笑いで蹴りを入れる平口をかわしながら、「いや、別に変な意味じゃなくて……」と洸史郎はいつになく歯切れの悪い声でぼそぼそ言う。

「両者合意の上でのことなら俺に口を出す権利はないし、ましてや愛ある同棲《どうせい》なら、余計に止める権利はないのかもしれないが……」

洸史郎は平口の肩越しに夏生をじっと見た。

「でも、できればやめて欲しいし、俺を選んで欲しい」

まるで求愛のような言葉に、全身の血が沸騰《ふっとう》しそうになる。

待て待て待て。その手にはのらない。また思い違いで叩き落とされたり、恥をかかされたりするのはまっぴらだ。

「おいおい、なんだよそれ。熱烈な愛の告白か？」

しかし事情を知らない平口が呑気《のんき》に茶化してくるから、夏生はムキになって否定した。

「そんなわけないだろ！　春名は俺と恋愛的な意味でつきあいたいなんて考えたこともないって、きっぱりはっきり断言してるんだから」

「そうなの？」

平口に確認されて、洸史郎は「ああ」と頷いた。

ほら見ろ。

うっかりときめいたりしなくてよかったという安堵と、ダメ押しの拒絶のダメージとで、疲労感がどっと押し寄せてくる。

洸史郎はいつになく真面目な顔で言った。

「確かに恋愛的な意味でつきあいたいなんて考えたことはないと言った。でも、恋愛的な意味で好きじゃないとは言ってない」

もうそれ以上のダメ押しはやめてくれよと耳を塞《ふさ》ぎたくなる。恋愛的な意味でつきあいたいなんて考えたことはないどころか、恋愛的な意味で好きじゃな……いとは言ってない？

「は？」

日本語が理解できなくなって、思わず声が裏返る。平口もしばし首をかしげて意味を確認するように黙り込み、それから洸史郎に問いかけた。

「つまり、屋敷のことが恋愛的な意味で好きってことか？」

洸史郎は明確にうなずいた。

「ああ、そうだ」

ああ、そうだ。……って？　は？

夏生は眼鏡のフレームサイズを超えるくらいに目を見開いた。

なんだそれ。どういうことだ？

「好きだけど、つきあいたいとは思わないってことか？」

気が動転して言葉を失っている夏生に代わって、平口がサクサクと洸史郎に質問してくれる。

「……恋愛は両者の合意のもとに成り立つものだ」

「じゃあ、俺と屋敷が双方の合意のもとにつきあおうと思うって言ったら、身を引くのか？」

洸史郎は、一瞬の間をおいて言った。

「……そういう想定をしたことがなかったから、焦ってる」

「俺とそうなるっていう？」

「省吾にしてもほかの誰かにしても、屋敷に恋人ができるとかそういうことを考えたことがなかった。屋敷はリアルな恋愛願望が希薄そうだったから。それでも念には念を入れて、なるべく出会いの機会を持たせないように囲い込んでたし」

「サラッと怖いこと言うな。そんな面倒くさい策略をめぐらしてないで、さっさとコクればよかっただろう」

「そんなことをして、屋敷が怯《おび》えて逃げ出したらどうする」

「でもそのリスクを背負わなきゃ、逆に手に入れることもできないんだぞ」

「恋愛的な意味で手に入らなくてもいい。いちばん近い場所に一生いられたら本望だ」

「だけど好きならあれこれしたいっていう欲求だってわいてくるだろう」

「性的欲求を発散する手段なんていくらでもある。そんなものを屋敷との間に持ち込みたくない」

大真面目に主張する洸史郎を見て、平口が苦笑いを浮かべた。

「おまえ拗《こじ》らしてるなぁ。それで今まで胸の内を押し隠して過ごしてきたのに、突然俺にかっさらわれそうになって、焦って自爆したというわけか」

ことのなりゆきについていけずに呆然としている夏生に、平口が振り向いて言った。

「っていうことらしいけど、どうする？」

「どうって……」

「洸史郎の熱い求愛に対して、屋敷のお返事は？」

求愛……求愛って……。

視界がぐらぐらして、うまく洸史郎に焦点が合わない。というか焦点が合うことを夏生の目が恐れているようだ。

視線を泳がせながら、今の話の流れを脳内で反芻《はんすう》する。

洸史郎が俺を好きだって？　一生そばにいたいって？　でも恋愛的につきあいたいとかじゃなくて、性的欲求は俺以外で発散して……？

「屋敷？　どした？」

「……嫌だ！」

思いがけず大きな声が澄んだ冬空に響き渡り、洸史郎の身体がびくっとたじろぐのが見えた。

「コラコラ、断るにしても、もう少しオブラートに包もうよ」

宥《なだ》めにかかる平口に、混乱しながら頭を振る。

「だって……だって、俺、一生なにもしてもらえないの？　外で発散とか、今までだってすごい嫌だったけど、そんなの言える立場じゃないから目をつぶってきた。でも、この先一生それを続けるなんて耐えられないし……」

待て待て、俺は何を言ってるんだ？

「え、そっちの嫌？」

驚いたように平口に言われて、顔面が発火しそうに熱くなる。

「……帰る」

混乱のまま踵を返し、階段を駆け下りる。一番下までおりたところで、今帰るべき場所はむしろ上だったと我に返り、引き返そうとしたら、追いかけてきた洸史郎にぶつかって跳ね返された。

「かっ、帰るから！」

「うん。帰ろう」

そっちじゃなくてと言おうとしたが、言葉の代わりにくしゃみが出た。外出する予定ではなかったから、夏生はニット一枚だった。

洸史郎が自分のコートのボタンをはずし始めたので、慌てて制止する。

「貸してくれるつもりなら、いらないから。そんなカノ……」

彼女にするみたいなこと、と言いそうになって、いや待て今それはシャレにならないのかもとうろたえる。

そうこうするうちに洸史郎はするりとコートを脱いで、夏生に着せてきた。

「いいって言ってるのに……」

しかしここで押し問答していると、もっと面倒なことになりそうで、夏生は黙って袖を通した。そのままそこに突っ立っていると、洸史郎に手首を掴まれた。

「帰ろう」

顔を見るのが怖くて、革靴《かわぐつ》のつま先に向かって言う。

「……痛いから離せ」

「ごめん」

洸史郎は手の力を緩めて下に滑らせ、今度は手をつないできた。

「……離せって言ってる」

口では言いながら、ふりほどけない。心臓が変形して破裂するんじゃないかと思うくらい、胸の奥の方がズキズキする。

「手、氷みたいだ」

洸史郎はつないだ手を、夏生に羽織らせたコートのポケットに突っ込んで、ゆっくりと歩き出した。

もはやどういう気持ちで、どう歩けばいいのかもわからなくなって、どう電車に乗って、どうやって改札を抜けたのかも思い出せない状態で、ポケットの中で手をつながれたまま、気づいたらマンションに帰り着いていた。

夏生の部屋はまだ工事中だから、当然七階の洸史郎の部屋に向かう。

混乱で身体じゅうがザワザワして、エレベーターを降りたところで足が止まる。

「……やっぱ今日のところは帰る」

予防接種を渋る子供のように、かかとに体重を乗せて踏ん張ると、ポケットの中でつないだ指にぎゅっと力が入った。

「帰さない」

洸史郎の低いつぶやきに、頭の先から足の先まで電気が走ったみたいにびりびり痺《しび》れて、腰に力が入らなくなる。ぐいっと引っ張られると、足は簡単に床を離れ、そのまま洸史郎の部屋まで連行された。

夏生の部屋と同じ1Kの間取りの部屋は、入ると右手がキッチン、左がサニタリーになっていて、突き当たりのドアの奥が八畳の洋室になっている。

右側の壁際に紺色のスプレッドで統一されたベッドがあって、左奥にPCデスクがあり、手前の壁際に二人掛けのソファがある。

仕事の打ち合わせなどで、何度となく訪れている部屋なのに、まるで初めての場所のように緊張し、ベッドばかりが大きく見えた。

洸史郎はローテーブルの上のリモコンを摑んでエアコンのスイッチを入れた。

「そういえば、夕飯まだだよな？　なにか買ってくればよかったな」

スーツの上を脱ぎながら、苦笑いする。

「とりあえず、あったかいものでも淹れようか」

ごく日常のトーンでそう言われると、一人で緊張しているのが却《かえ》って恥ずかしいような気がしてきて、夏生も借り物のコートを脱いだ。ワイシャツの袖をまくりながらキッチンスペースに向かう洸史郎を見送って、ソファに崩れるように腰を下ろした。

落ち着かない気分で、膝の上の両手を握ったり開いたりしてみる。さっき洸史郎とつないだ右手は、なんだか自分の手ではないような違和感がある。右手だけが大人になってしまったようなおかしな感覚だった。

じっと手のひらを見つめていたら、洸史郎がマグカップを二つ持って戻ってきた。

ローテーブルに二つのカップを置いて、夏生の隣に腰を下ろす。

そのさりげない行動に、一度は静まりかけていた夏生の心臓は、また野生の小動物みたいにせわしなく暴れだした。

今までこのソファに並んで座ったことはない。打ち合わせの時には、夏生がここに座って、洸史郎はローテーブルをはさんだ床に直座《じかざわ》りするか、ベッドに腰かけるのが常だ。

二人掛けのソファというのは男二人で座るには案外狭《せま》い。肩と腿《もも》が触れ合い、夏生の中の小動物を更に激しく暴れまわらせる。

心を落ち着けようと、夏生はマグカップを口に運んだ

「さっきの話だけど……」

洸史郎が言葉を探るように言った。

「俺が女の子と遊ぶの、嫌だって思ってくれてたの？」

「……っ！」

夏生は熱いお茶にむせて咳《せ》き込《こ》んだ。

「べっ、別にそんな……」

そんなこと思ってない、と強がってみせようとするも、もはやそんな虚勢を張る気力は残っていなかった。洸史郎の前で気持ちが露呈《ろてい》しないようにと、ずっと気を張ってきた。ひとたびプシュッと空気が抜けたら、元の強度まで張りつめ直すのはすぐには無理だ。

黙り込む夏生に、洸史郎が静かな声で言った。

「嫌な思いをさせてごめん。俺が遊び人な方が、屋敷を安心させられると思ったんだ。執着してることに気付かれたら、逃げられるんじゃないかって不安で……」

夏生は手の中のカップを覗き込みながらぼそぼそ言った。

「意味がわからない。俺に執着とか……」

「小学生の頃から、ずっと屋敷に憧れてた。なんてかっこいいんだろうって」

夏生はカップから顔をあげ、眼鏡の奥の目を細めて隣の洸史郎を凝視《ぎょうし》した。

「かっこいい？　俺が？」

運動神経ゼロで、どんくさくて、友達もいなかった陰キャの俺が？　これは新種のいじりかなにかか？

夏生は立ち上がって室内を見まわした。

「屋敷、どうしたの？」

「もしかしてドッキリ的なやつ？」

春夏秋冬《しゅんかしゅうとう》は（信じられないことに）ルックスを売りにしている部分もちょっとある。とうとうテレビのバラエティ番組にまで進出することになったのだろうか？

……と疑いたくなるくらいには、信じられない話だ。

洸史郎は困ったような笑いを浮かべて夏生のニットの裾《すそ》を引っ張り、座るように促した。

「なんでドッキリだよ。俺は心の底から言ってる。屋敷はいつも超然としてて、友達なんか必要としてなくて、自分の世界を持ってた。頭がよくて、眼鏡が最高に似合ってた」

洸史郎の感性が心配になりながら、夏生は言った。

「かっこよかったのは春名の方だろう。友達が多くて、モテモテで、いつもクラスの中心にいた」

「それは俺が不安だらけの弱い人間だからだよ」

洸史郎はお茶を一口飲んで、唇をぎゅっと一度閉じてから言った。

「うちは両親がずっと不仲だった。俺が五歳のときに、父親が浮気相手との間に子供を作って離婚したんだ。母親は依存心が強くて一人じゃ生きていけない人だったから、次々新しい彼氏を作っては、依存しすぎて振られてさ。もう家の中は常に地獄《じごく》みたいだった」

この前、平口に聞くまで、夏生は洸史郎の家庭事情を全く知らなかった。洸史郎の明るさや人懐っこさからは、複雑な家庭環境の影など微塵も感じられなかった。

「そんな大変な状態だったのに、あんなに元気に振る舞っていたなんて……」

「逆に、そんな状態だったからだよ。父親に見捨てられて、母親も男のことでいつもいっぱいいっぱいで、俺のことは二の次だった。俺はわかりやすく愛情に飢《う》えてたんだと思う。だから学校では友達を作るのに必死だった。たくさんの人間に囲まれていると安心したし、誰かに必要とされるのが嬉しかった」

そんな事情を打ち明けられてもなお、思い起こす洸史郎の姿はごく自然だった。水面下で見えない努力をしていたのだろうし、元々人を惹《ひ》きつけるオーラを持った少年だったこともあるのだろう。もしも夏生が洸史郎の立場だったら、とてもあんなふうにはふるまえなかったと思う。

「『人気者の春名くん』を演じながら、どこかで自分を滑稽《こっけい》だなって思ってた。周りの関心を引こうと必死に吠えて尻尾を振る、哀《あわ》れな犬みたいだなって。そんな俺にとって、人に媚《こ》びることなく自分の世界を持ってる屋敷は、憧れの存在だった」

そんなことってあるだろうか。

「自分の世界とか、そんなかっこいい話じゃないよ。俺は友達の作り方がわからないから、仕方なく読書に逃避してただけだ」

「でも、それで困っているようには見えなかった。一人を楽しんでいるようにさえ思えた」

そんなことはない。教室で浮いているのは決して居心地のいいものではない。

だが、洸史郎が夏生に対して感じてくれていたその感覚は、あながち的外れではないかもしれない。居心地の悪さを感じはしても、夏生は孤独を恐れてはいなかった。なぜなら安全で安心で鬱陶しいくらいの愛情に満ち溢れた家庭があったからだ。家に帰れば両親と二人の姉に嫌というほど構われ、愛情を浴びせられて、いっそ学校で一人で過ごせる時間にちょっと解放感を覚えていたほどだ。

愛情に飢えた幼い洸史郎少年は、夏生がまとったそういう愛情に満ち足りた気配を、敏感に察知していたのかもしれない。

「まあでも、とっかかりはそんな印象でも、すぐに憧れるようないいもんじゃないって気付いただろう」

「案外抜けたところがあるなとか、いろいろと新たな発見はあったけど、そういうひとつひとつが、全部宝物みたいに思えた」

「……幻滅した、の間違いだろ」

「幻滅なんてするわけない。たとえばさ、犬を飼ったとするだろ？」

「犬？」

突然の話題転換に、夏生は眉間にしわを寄せた。

「第一印象のかわいさとかかっこよさとかで運命を感じて飼い始めた犬がさ、飼ってみたらちょっとやんちゃだったり、逆にすごく臆病《おくびょう》だったり、思いのほか大きく成長したり、期待したほど大きくならなかったり、最初の印象とは違った部分がいろいろ出てくることってあるよね」

夏生は実家で飼っていたミックス犬のシロのことを思い出した。夏生の服を噛んで引っ張ったり、床をカツカツ掘るしぐさをしてフローリングを傷だらけにしたり、やんちゃな子だった。

「あるね」

「だからって、幻滅したりしなくない？　むしろ、どんどん大事に好きになっていくと思うんだ」

「確かにそうだな」

夏生もシロのことを心の底から愛していたから、その気持ちは痛いほどわかる。

しんみりしかけて、ふと我に返る。

「……その話、俺が犬ってこと？」

「わかりやすくたとえるならって話だよ。気に障《さわ》ったらごめん」

気に障るどころか、シロレベルで好意を寄せられているのかと思うと、また心臓がバタバタしてくる。

言われてみれば夏生だってそうだ。洸史郎からビジネス陽キャだったと打ち明けられても、さめるどころか好きな気持ちは増すばかりだ。

「毎日、学校で屋敷の顔を見られるのが楽しみだった。仲良くなりたかったけど、なかなか声をかけられなかった。屋敷以外のやつにはいくらだって話しかけられたのにな」

洸史郎は昔を思い出すように、遠い目をして微笑んだ。

「遠足で同じ班に引き入れることに成功したときは、嬉しくて夜も眠れなかったよ」

「あれはあぶれものを渋々拾ってくれたんだとばかり……」

「そんなわけないだろ。あぶれてくれてありがとう」

真顔で言われて、笑いたいのか泣きたいのかわからなくなる。

夏生の中の物語とはまた別のストーリーが、洸史郎の中にはあるようだった。

「屋敷と同じ高校に入るために、死に物狂いで勉強したよ。でも、塾なし・バイト三昧《ざんまい》の生活で、さすがに大学は同じレベルは無理そうだったから、屋敷の志望大学の近隣の、俺でもなんとか入れそうな大学を探して、あの学生マンションに引っ越すことを突き止めた」

夏生はびっくりしてカップを取り落としそうになった。

「まさか、あれは偶然じゃなかったのか？」

洸史郎は得意げに微笑んだ。

「あとは知っての通りだ。屋敷の文才につけこんで、自分が一枚嚙む形で強引にユニットを組んで、卒業後も一緒にいられるように仕事の利便性とかいう理由をこじつけて同じマンションに引っ越した。子供時代の不遇《ふぐう》を補って有り余るくらい、幸せな時間だったよ」

夏生は混乱して、眼鏡の弦《つる》を手のひらで押さえた。

「にわかには信じられない話だけど、その、もし本当にそんなふうに思ってくれてたなら、どうして言ってくれなかったんだよ」

「さっきも言ったように、屋敷を怯えさせたくなかった。コンビとして一番近くにいられるだけで十分だった」

そう言ったあと、洸史郎は小さく首を左右に振った。

「いや、怯えてたのは俺の方かも。恋になるのが怖かった。悪い見本を刷り込まれてたから」

「……悪い見本？」

「結婚してたった六年で、妻子への愛情が尽きて出て行った父親とか、男に捨てられるたびに『もう死ぬ！』って大騒ぎするくせに、またすぐに新しい男と恋に落ちる母親とか。惚《ほ》れた腫《は》れたって、なんて無様で薄っぺらくてくだらないものなんだろうって思いながら育った。だからもういっそ、一生気持ちなんか伝えない方がうまくいくと思ったんだけど……」

洸史郎は夏生の方を見て、きまりわるそうに口を尖らせた。

「省吾にかっさらわれそうになって、理性が吹っ飛んだ」

酸っぱすぎるレモネードを飲んだときのように、のどの奥が苦しいほどきゅうっとよじれた。

「平口は全然そんなんじゃないよ」

「わからないだろ。あいつも屋敷の魅力にやられたのかもしれない」

「そんなおかしなやつがこの世にそうそういるわけないだろ」

「……つまり俺がおかしなやつだって言いたいのか？」

「うん、相当変な趣味してる」

大真面目に言って、夏生は少し考えこんだ。

「あのね、うちの両親、結婚して三十五年になるのに、こっちが恥ずかしくなるくらい仲がいいんだ」

「羨《うらや》ましいよ」

「あ、ごめん、無神経なことを言って。でもそういうつもりじゃなくて」

「無神経だなんて思ってないよ。素敵な話だ」

「つまりね、世の中にはそんなケースもあるってこと。だから、すべての恋が短命だなんて思わないで欲しい」

いや、なんで俺がこんな恋愛マスターみたいなことを……と言ったそばから痒《かゆ》くなってくる。

洸史郎はじっと夏生を見つめてきた。

「なんとなく、この一連の流れからして、屋敷も俺のことを好きでいてくれてるのかなって感じ始めてるんだけど、気のせいじゃないよね？」

夏生は洸史郎を見つめ返して、言った。

「全然気のせいじゃない。春名のことがずっと好きだった。藤棚の下で、スポーツシューズを貸してくれたときから」

夏生の方こそ一生告白するつもりなどなかったのに、言葉はよく熟した葡萄《ぶどう》の実みたいにつるんと自然に出てきた。ちょっと後出しじゃんけんのようになってはしまったが。

「ホントに？　そんな昔から？」

いつもはだいぶ年上に見える洸史郎が、驚きに目を丸くする顔は、純粋な少年のように見えた。

「あの頃の俺がそれを知ったら、嬉しすぎて即死してたかも」

「……春名は俺のことなんて眼中にないって思ってた」

「それはこっちのセリフだよ。育ちのいい優等生の屋敷は、俺のことなんか意識の端にも止まってないんだろうなって思ってた」

洸史郎はなにかを思い出したようにふっと笑った。

「高二の時、久々に同じクラスになっただろ？　何度も昼を一緒に食べようって誘おうとしたけど、勇気がなかった」

「春名はいつも女の子たちからお弁当攻撃にあってたよね」

「気付いてた？　俺がいつも弁当なしなの」

洸史郎はきまりわるげにネクタイの結び目を触った。

「俺ね、物心ついてから、親に弁当を作ってもらったことって一度もなくて。高校生にもなれば学食とかパンのやつも多いから気にすることじゃないんだけど、屋敷の豪華な弁当が眩しくて、境遇の差にひそかに気後れしてた」

今度は夏生が眼鏡の奥の目を丸くした。洸史郎がそんなことに気後れを感じていたなんて、全く気付かなかった。むしろ母や姉たちにおもちゃにされている感のある、キャラ弁や凝《こ》りすぎたおかずが、思春期男子的には恥ずかしくてたまらず、学食組の大人っぽさに憧れを抱いていたくらいだ。

「覚えているかわかんないけど、屋敷が一回ドジって、弁当箱をひっくり返しちゃったことがあってさ。そのとき、思い切って俺のパンをあげたんだ。いらないって言われたらどうしようってドキドキしたけど、屋敷は素直に受け取って、ハムスターみたいにもぐもぐ食べてくれて、めちゃくちゃ嬉しかった思い出」

まさかの告白に、

「あのときのコロッケパンの袋、今でも大事にとってある」

つられて夏生もつい言わなくてもいいようなことを打ち明けてしまい、洸史郎が固まるのを見て慌てて口を両手で覆った。

十年間もパンの袋を保存しておくなんて気持ち悪すぎて、ドン引きされているじゃないか。

しかし洸史郎はすぐに表情を緩めた。

「ヤバい。嬉しすぎて泣きそう」

もちろん洸史郎は泣いたりなんかしなかった。いつもの人を魅了する笑みで、イケメンオーラを放っている。

でも、その笑顔に胸が詰まった。ずっと見つめてきた、かっこよくて自信に満ち溢れた笑顔の下で、洸史郎はいろいろなものを押し殺してきたのかもしれない。

十年の時を遡《さかのぼ》って、高校生の洸史郎を抱きしめたかった。

自分はどんくさくて不器用で、恋なんて一生できないと思っていた。

真逆のタイプに見えていた洸史郎は、意外にも夏生よりもっと不器用をこじらせて、恋に二の足を踏んでいた。

いわば、無免許とペーパードライバーの、初めてのドライブみたいなもの。

膝の上の左手に、洸史郎の手が触れてきた。夏生が振り払わないのを確認して、そっと握りしめてくる。

一足先にそのぬくもりを知っている右手が、先輩顔できゅんと疼《うず》いた。

「屋敷のことが好きなんだ。恋になるのが怖いくらい好きだ」

夏生はつながれた手を見つめて、小さな声で言った。

「……俺も」

今まで二人で何作もの恋愛小説を書いてきたのに、当の本人たちは狭いソファでこうして手を握り合うまでに二十年を要した。

夏生は生まれてこのかた味わったことがないような幸福感に包まれていた。ふわふわと頼りなくて、でもどんどん膨張《ぼうちょう》するマシュマロみたいな高揚感。

洸史郎は夏生の手を握ったまま、尻をずらして夏生の方に身体の向きを変えた。

さっき見上げた真冬の夜空のようにくっきりと整った顔が、静かに夏生の方に近づいてくる。

これってまさか……まさかのまさか……？

小説の中では散々書いたキスシーン。でも、経験するのは初めてで、リアルな作法がわからない。

心臓がどうかしたみたいにドンドンいって、つないだ指先が鼓動に合わせて膨らむのがわかる。耳の奥の血管が膨張して破れそうな気がする。

いや、待て待て。キスなんて早とちりで、洸史郎は全然違うことをしようとしているのかもしれない。ソファの後ろの棚に手を伸ばそうとしているとか、夏生の眼鏡の曇りが気になっているとか……。

まつ毛の数を数えられるほど近くで、洸史郎は動きを止めて微笑んだ。

「そんなに凝視されたら、キスできないよ」

「あ……」

やっぱりキスで当たっていた。

「ごめん……」

動揺して目を泳がせていると、洸史郎の手が頬に触れた。

その指先の湿度に気を取られている間に、洸史郎は予防接種の上手な小児科医みたいに、夏生の唇をやさしく封じた。

「ん……」

洸史郎の唇は、少し冷たくて、やわらかくて、悪い薬みたいに夏生の心と体をぐにゃぐにゃにした。

「……っ……ん」

覆いかぶさってくる洸史郎を、押し返したいのか引き寄せたいのか自分でもわからないまま、両手でワイシャツをくしゃくしゃに握りしめた。縋《すが》り付《つ》いていないとどこかに落ちていってしまいそうな浮遊感があった。

走馬灯のように……などと言ったら天に召されそうだけれど、とにかくそんな感じで、夏生の脳内には子供の頃から今に至るまでの洸史郎の姿がぐるぐるめぐった。

藤棚の下でスポーツシューズを渡してくれた明るい少年が、魅力的な青年になって、今こうしてときめきを分かち合っている。

角度を変えて口づけが深くなると、身体の芯からじわじわと甘い感覚が込み上げてきた。

唐突に、この間見た一歳児が初めてケーキを食べる動画を思い出した。生まれて初めて食べる味でも、一口食べただけでそれが絶対的においしいものだと理解して、驚愕《きょうがく》に目を見開く一歳児。

夏生も同じだった。これが人生初キスで、比較対象のサンプルを持ちあわせていないけれど、洸史郎のキスがなによりも素晴らしいものだということを、本能で感じ取る。

「ぁ……ん……ん……」

キスの作法なんてわからないのに、気づけば差し入れられた舌におずおずと応《こた》えていた。

夏生の反応で火が付いたように、洸史郎はいっそう激しく夏生の唇を奪いながら、熱に浮かされたように夏生の身体の輪郭《りんかく》を大きな手のひらで辿《たど》ってくる。

その手が腰骨まで下がって、親指の先が夏生の興奮を掠《かす》めて止まる。

「……屋敷？」

思いがけないものを見つけたみたいに大きな目で間近に見つめられて、夏生は秘密を暴かれた恥ずかしさで自分が自然発火するのではないかと思った。

そして、人は本当に恥ずかしいと、恥じらうことすら恥ずかしいというややこしい事実を、己の開き直りで身をもって知る。

「す、好きな相手にこんなエロいキスされたら、誰だってこうなるだろっ。悪いかよ！」

自分がこんな開き直り方をするなんて思いもよらなかったし、それが洸史郎の焔《ほのお》にさらなる燃料を注ぐことになるなんて、咄嗟《とっさ》に思いつきもしなかった。

「屋敷……」

洸史郎の目がいつもとは違う濡れた光を宿し、指先がスエットのボトムスの上から夏生の興奮の形をなぞる。

「ちょっと待っ……」

夏生の制止の言葉を押しとどめるように、洸史郎が再びキスで唇を塞いでくる。

「や……っ……」

洸史郎に触られていると思ったら、火が付いたみたいにそこが熱くなって、潤むのがわかった。

思わず身を引こうとしても、狭いソファと洸史郎の間に挟《はさ》まれて、逃れられない。なにより、いっぱいだったコップに最後の一滴がしたたりおちて溢れだしたような洸史郎の情熱に圧倒されて、夏生の怯えや躊躇いも押し流されてしまう。

洸史郎の唇は、夏生の唇を味わい尽くしたあと、顎《あご》へとすべり、首筋を下りていく。唇へのキスよりも肌へのキスの方がもっと官能的なことを初めて教えられて、夏生の呼吸はどんどん上がっていく。

ボトムスのゴムにかかった指先は下半身に侵入するかと思いきや、方向を変えて腹から胸へと這い上ってきた。

皮膚がざっと粟立《あわだ》つのがわかる。それにつられて固く立ち上がった胸の突端に洸史郎の少しざらついた指先が触れると、夏生の口から上擦《うわず》った喘《あえ》ぎがこぼれてしまう。

「あ……っ」

自分の声にびっくりして、慌てて両手で口をふさぐ。

そんな夏生に、洸史郎はうっとりと酔いしれるような甘い笑みを浮かべ、めくりあげたニットの内側に唇を這わせてきた。

「ひゃっ……」

感電したみたいな衝撃が走って、思わず変な声が出る。

好き。怖い。嬉しい。困惑。気持ちいい。後ろめたい。いろいろな感情が津波のように押し寄せて、高温サウナの中にいるみたいに息が苦しくていっぱいいっぱいになってしまう。

夏生の粟立《あわだ》った胸元に唇を這わせながら、洸史郎は大切な宝物を愛《め》でるような声で、夏生の名を呟く。

「夏生……」

六歳からの知り合いなのに、下の名前で呼ばれるのは初めてで、ものすごくドキドキしてしまう。

「夏生……夏生……」

そんなふうに切なげに囁かれたら、胸がヒリヒリする。

夏生だっていつも「春名」と呼んできたけれど、下の名前で呼ぶ友人たちが羨ましくて、心の中では「洸史郎」と呼んでいた。

……洸史郎もずっとそう思っていたのかな。俺のこと、下の名前で呼びたくて、心の中ではそう呼んでくれていたのかな。

洸史郎の硬い髪に指を滑り込ませて、夏生は小さな声で言った。

「……洸史郎」

洸史郎は夏生の身体をついばむ動きを止めて、驚きと歓喜に満ちた瞳で上目遣いに夏生を見た。

「俺、もしかして今日死ぬのかな」

「なんでだよ」

「幸せすぎて、このままで済む気がしない。ねえ、もう一回呼んで？」

いつもかっこいいばかりの男が、今は少しかわいく見える。改めて呼べと言われると盛大に照れるが、夏生は場の空気に身をゆだねて「こーしろー」と囁いた。

洸史郎のまとう空気が、ふわっと膨張したように見えた。

「今日死んでも悔いがないように、夏生を堪能《たんのう》させて」

「うわっ」

ソファに埋め込む勢いで押し倒されて、ボトムスをずらされた。半脱げのボトムスから顔を出した興奮に指を添えると、洸史郎は身体を下にずらして、夏生が制止する間もなく唇を寄せた。

「やっ、バカっ、なにして……ぁ……」

潤んだ洸史郎の口腔《こうこう》に、夏生のものがのみこまれていく。恥ずかしさと未知の快感で頭がおかしくなりそうだった。

「やっ……洸史郎……」

恥ずかしい。恥ずかしい。でも、どうしよう、幸せすぎて気持ち良くて……。

ずっと片想いしていた相手が、まるで宝物を愛《め》でるように自分を愛してくれている。

「ぁ、あ……洸史郎……洸史郎……」

うわごとのように名を呼ぶと、そのたびに新しい燃料をくべた暖炉《だんろ》みたいに、洸史郎のはらむ熱量が増して、夏生への愛撫が濃厚になる。

「もうダメっ、ダメだから……ぁ……」

舌先を絡められ、念入りに締め付けられて、恋愛初心者の夏生はあっという間に頂点を極めてしまった。

「はっ……はぁっ……」

夏生自身はなにもしていないのに、息があがって視界が紫色に見える。

最中も恥ずかしいけれど、絶頂を迎えたあとはもっと恥ずかしい。恋愛小説家を名乗って六年になるが、恋の奥義がこんなに恥ずかしいなんて、初めて知った。

身を起こした洸史郎が、上気した顔に満足げな笑みを浮かべてぺろりと唇を舐《な》めるのを見たら、もうこのまま爆発して粉々になってしまいそうなくらい恥ずかしさがカンストする。

恥ずかしすぎてどんな態度を取ったらいいかわからないから、夏生は目を泳がせながら言った。

「べ……べべベッドで続きする?」

何を言ってるんだ俺の口!

でも、あれよあれよという間に一方的に昇天させられてしまったことが、悔しくもあり申し訳なくもあった。

言葉に詰まりまくる夏生を見て、洸史郎はふっと笑う。

「無理してない?」

「し……してないし」

「そう? じゃあ」

洸史郎が夏生を正面から抱き寄せてくる。

自分から続きなどと言ってはみたが、今の一連のあれこれだけでもキャパオーバーで、正直頭も身体もいっぱいいっぱいだった。

そんな夏生のテンパり具合が、触れ合った身体から伝わったのか、洸史郎は背中に回した手で夏生をポンポンあやすようになでながら、やさしい声で言った。

「めちゃくちゃそそられるけど、一度にそんなに大量の幸せを摂取《せっしゅ》したら、ホントに寿命が縮みそうだから、それはまた今度のお楽しみにする。ベッドはまた別途、ってね？」

「……なんでここでおやじギャグかましてくるんだよ」

「だって、そうでもしないと、俺の愛の重さで夏生を押しつぶしそうだから」

さっきの流れのまま、しれっと名前呼びしてくるのがなんともくすぐったい。

「愛の重さなら、俺の方が勝ってるから」

洸史郎の腕にすっぽり包まれながら、夏生は意地になって言い返した。

夏生の耳元で洸史郎が笑う。

「いや、絶対俺の方が重い。俺の愛は、金塊《きんかい》くらいの重さがあるから」

「俺はシリウスBくらい重いし」

「シリウス？　恒星《こうせい》の？」

「そう。マッチ箱サイズでゾウくらいの重さになるんだって」

「マジで？」

「だから俺の勝ち」

「いや、それは愛の重さじゃなくて、知識量で負けただけだから。そのうち俺の愛の重さを身をもって思い知ることになるから、覚えてろよ」

時代劇のチンピラの捨て台詞《ゼリフ》みたいな言い方をして、洸史郎はもう一度夏生の唇にやさしく触れるだけのキスをした。

まだ夢の中にいるような幸福感にふわふわしながら、夏生は洸史郎の身体に遠慮がちに腕を回して、腕の中の幸せの実態をしみじみ味わったのだった。

恋は恋愛小説家には不向き？

koiwa renaishousetsukaniwa fumuki?

1

春が来た。

いや、実際の季節はまだまだ梅の蕾《つぼみ》も硬く、今朝《けさ》の最低気温は0度だった。

しかし人生二十八年目にして、夏生《かお》には春が訪れていた。

「お待たせ」

商業施設内のセルフ方式のカフェのソファで所在なく席取りをしていた夏生の元に、洸史郎《こうしろう》がスタイリッシュなコートをひるがえしながら、トレー片手に戻ってきた。

コートから覗くミントグリーンのニットが、一足早い春の訪れを感じさせる装いだ。そして装いそのままに、この洸史郎こそが夏生の元に訪れた恋《はる》である。

「夏生は苺《いちご》のシフォンだったよね？」

小首をかしげてやさしいまなざしで微笑《ほほえ》みかけられ、胸の中をドユンドユンと回遊魚が泳ぎ回る。

我ながらばかげていると思う。二十年来の幼馴染みで、学生時代から十年も同じマンションで生活し、ほぼ毎日顔を合わせている仕事仲間に対して、今更《いまさら》緊張したりドキドキしたりする自分がいたたまれない。

だが恋人としてつきあい始めてからはまだ数週間。初恋にして初交際なのだ。ドキドキするなという方が無理というもの。

目を合わせるのが気恥ずかしくて、夏生はケーキを検分するふりをした。

「そっちのチーズケーキもおいしそうだな」

「一口食べる?」

洸史郎はフォークでチーズケーキを三分の一ほどカットして、夏生の皿に載せようとする。

隣のテーブルからその様子を眺めていた女性グループが、目を輝かせてヒソヒソなにか言い合っている。

夏生は焦《あせ》って洸史郎を制した。

「そんなカップルみたいな真似はよせ」

洸史郎はふっと笑った。

「だって……」

だってカップルだろ?　と洸史郎ならシレっと言いかねない。

「おい!」

思わず制止しようとして立ち上がったら、ひじ掛けにひっかけてあったショッパーが落ちて、中からコツメカワウソのぬいぐるみが転がり出した。

先ほど訪れた水族館で洸史郎が買ってくれたものだ。

隣席から注目を浴びながらのこの状況。恥ずかしすぎて夏生はあたふたとぬいぐるみの埃《ほこり》を払って、ショッパーに押し込んだ。

洸史郎はその様子を楽しそうに眺《なが》めている。

「だって、こっちも食べてみたいだろ?」

あ、なんだ。「だって」の続きは至って普通の会話だった。夏生の考えすぎだったようだ。

「まあほら、スイーツ探訪《たんぼう》は業務上のタスクだしな」

あえて隣のテーブルに聞こえるように声を張ってみる。別にイチャイチャしているわけじゃありませんよと言わんばかりに。

実際、今連載中の小説は、主人公がパティシエなのだ。

「この黒いの、バニラビーンズかな。風味がよくておいしいね」

生真面目《きまじめ》な顔でチーズケーキの感想を述べる夏生をよそに、隣のテーブルではこちらをチラ見しながら楽しげなヒソヒソ話が続いている。

女の子の一人が、自分のジャケットの内側を指さすようなしぐさをしたのを見て、ハッとなる。

夏生は今日、洸史郎が買ってくれたミントグリーンのチェックシャツを着ている。季節的に暗めのアウターに身を包んだ客が多い店内で、洸史郎のニットとリンクしたネオンカラーのグリーンはかなり目を引く。

　暖房が暑くてはだけていたボアジャケットの襟《えり》を、夏生は慌ててかき合わせた。

「なんで隠すんだよ。似合ってるのに」

「……なんとなく」

「ふうん」

　洸史郎は逆にコートをすらりと脱いで、ミントグリーンのニットをこれでもかと見せつけながら、澄ました顔でコーヒーを飲んでいる。

　それにひとしきり色めき立ったあと、満足した様子で女の子たちが店を出ていくと、洸史郎は勝ち誇《ほこ》ったような笑みを浮かべて言った。

「夏生は恥ずかしそうだけど、俺はお揃《そろ》いをすべての人類に見せつけたいくらい、今、幸せだよ。やっぱり俺の愛の方が重いよね」

　この、どっちの愛が重いか合戦は、両想いになった日から延々続いている。

　そして、これに関しては負けたくないし、負けない自信がある。

「いや、俺の方が絶対重いよ」

　洸史郎はふっと鼻で笑う。

「色味のお揃いだけでそんなに恥ずかしがってるくせに、なに言っちゃってるんだか」

「それはだって……」

愛の重さと公共の場での羞恥心《しゅうちしん》はまた別の問題じゃないかと唇を尖《とが》らせていると、洸史郎はテーブルに身を乗り出してきた。

「そんなかわいい顔されたら、キスしたくなるだろ」

小声でささやかれて、夏生は耳から火を噴きそうになった。

「な……」

「水族館でも、コツメカワウソに夢中で半口開けて見惚《みと》れてる夏生がキュートすぎて、その場に押し倒して頬ずりしたくてたまらなかったし」

「こ……洸史郎だって、盛んにかわいいかわいいって言ってたじゃないかっ」

「夏生のことだよ」

「は？」

「かわいいの化身《けしん》のコツメカワウソすら目に入らないくらい、夏生に夢中なの。俺の愛の重さを思い知ってくれた？」

とろけるような笑みで見つめられて、全身が猛烈に熱くなる。ボアジャケットを脱ぎ捨てたい衝動《しょうどう》をこらえながら、汗だくになって唇を噛んだ。

恥ずかしい。いたたまれない。が、正直嬉しい。めちゃくちゃ嬉しい。ずっとずっと好きだった相手から、こんなふうにストレートに甘い言葉をささやかれて、天にも昇る気持ちだっ

た。

嬉しいからこそ、自分はもっともっと好きだということを伝えなくてはと思う。

「でもやっぱり、俺の方が断然重いと思う。だって、俺が小説を書き始めたのは、洸史郎への気持ちが発端《ほったん》なんだから」

夏生が鼻息荒く言うと、洸史郎は驚いたように、形のいい眉《まゆ》をきゅっと寄せた。

「え、どういうこと？」

「洸史郎をモデルにして、自分の妄想《もうそう》を発散するために書いてたんだ。それが仕事になるくらいの情熱って、すごい重さだと思わない？」

洸史郎は自ら発光しているのではないかというくらいにキラキラの笑みを浮かべた。

「知らなかった。俺のことを思って書いてくれてたの？」

改めてそう問い返されると、にわかに恥ずかしくなってくる。自分はとんでもないカミングアウトをしてしまったのではないか？

いやいや、ここは勝負に勝った満足感に酔《よ》いしれるべきところ。

洸史郎はコーヒーの残りを一気に飲み干《ほ》すと、コートを摑んで立ち上がった。

「帰ろう」

「え、そんな急に？」

「さすがの俺も、今の喜びをここで行動に移すのはマズいと思うから」

洸史郎の言わんとするところを察して、夏生はますます汗だくになった。

どうやら、洸史郎の情動に火をつけてしまったらしい。

最近知ったばかりの感覚が夏生をもじもじした気持ちにさせる。嬉し恥ずかしとでもいうのか。ゾクゾクして、そわそわして、うしろめたいような、逃げ出したいような、でもたまらなく幸せなような……。

商業施設をあとにして帰りの地下鉄に揺られながら、二人してなんとなく無口になる。今、洸史郎がどんなことを考えているのか、想像すると頭がぐるぐるしてくる。

マンションのエレベーターの扉が閉まったとたん、洸史郎が手を繋《つな》いできた。隣を見ると、色っぽい視線に絡めとられる。

心臓が、またドコンドコンと暴れ出す。

そんなムードの盛り上がりに水をさすように、ポケットのスマホが振動した。拍子抜けと安《あん》堵《ど》が入り混じったような気持ちで、夏生はスマホを手に取った。

「あ、小倉《おぐら》さんから急ぎのリテイクきてる。キスシーンのところ、もう少し尺を取って改稿して欲しいって。とりあえず先に手直ししちゃおう」

自分の部屋の階のボタンを押そうとすると、洸史郎に阻止《そし》された。

「一分を争う話じゃないだろ。まずは俺の部屋で検証しよう」

「検証?」

「そう、尺を取ったキスシーンとはどういうものか」

その言葉の通り、洸史郎は部屋に着くなり夏生をドアに押し付けて、唇を奪ってきた。

「……んっ、待って、尺を取る検証じゃなかった？　こっ、これじゃキスまで一秒だろ？」

洸史郎の情熱にどぎまぎしながら、コート越しの意外に厚い胸板を押し返す。

「尺を取るのはここからだよ」

笑んだ形の唇を、戯《たわむ》れるように何度も夏生の唇に押し付けてくる。コーヒーの香りの甘いキスに陶然としていると、不意に熱い舌が滑《すべ》り込《こ》んできた。

「……っ……ん……」

キスは毎日しているけれど、そうはいってもまだ交際半月。慣れとは程遠く、こうして口腔《こうこう》を攻められるたび、夏生は初乗りの絶叫マシンを体験するような感覚に襲われる。

今まで散々恋愛小説を書いてきた身。官能小説とはジャンルを画《かく》すとはいえ、それなりに色っぽいシーンも（そこの主軸《しゅじく》は洸史郎ではあったが）想像力を働かせて書いてきた。

しかし、好きな人とかわすキスの効力たるや、想像の範疇《はんちゅう》を激しく超えていた。

唇と舌という、身体の総面積でいったらごく一部分にすぎない場所の粘膜《ねんまく》接触が、こんな淫《みだ》らな快楽を生むとは思ってもいなかった。

絡み合う舌の動き以外のことが何も考えられなくなって、立っていることさえできなくなる。

しかしドアと洸史郎の身体の間に挟《はさ》まれて、腰を抜かすことすらできない。

血流が増して、熱くてのぼせそうになる。

「……っ、待って、洸史郎、熱くて倒れそう……」

キスの合間に夏生は絶え絶えに訴《うった》えた。

唇を塞《ふさ》いだまま、洸史郎は夏生のボアジャケットを肩からはぎ取っていく。

アウターといえども、キスをしながら服を脱がされるというのはなんとも表現しがたい官能的な昂揚感《こうようかん》がある。

ドギマギしているうちに、洸史郎は夏生の身体を抱いたままくるりとターンして、短い通路を通過し、ベッドへと倒れ込んだ。

社会人一年目、まだ収入の見通しが不安な時期に借りたワンルームのコンパクトな間取りは、こういうときは便利とでもいうべきか。

洸史郎はキスで夏生の気を逸《そ》らしながら、シャツのボタンに手をかけてきた。

「待って、とりあえず原稿の直しを……」

「うん、だからそのための検証だよね？　キスって別に唇だけにするものじゃないだろ？　尺を稼《かせ》ぐならもっといろんなところにしないと」

「あっ」

たくし上げたシャツの内側の素肌《すはだ》にキスされると、身体中をゾクゾクと刺激が走って、思いがけず大きな声が出てしまった。慌てて両手で口を押さえた夏生を、洸史郎が熱を帯びた目で見下ろしてくる。

「ここ、夏生のいいトコ？」

「そ……そういうわけじゃ……」

どこがいいとかじゃなくて、誰にされているかの問題で……。今この状況で洸史郎に触れられたら、神経が通っていないはずの爪や髪だって、きっと感じてしまう。

「そうか、じゃあいいトコを探さないとな？」

「ひゃっ」

素肌にキスの雨が降ってくる。やわらかい唇と舌と吐息にくすぐられて、頭がおかしくなりそうな感覚がさざ波のように押し寄せる。

「どう？　キスシーンの参考になりそう？」

からかう声で言う洸史郎に、夏生は擦《かす》れた声で返す。

「ならないよ。こんなエッチなキス、ジャンル違いだよ」

「それはだって、夏生がかわいいのが悪い」

「俺がこういうのに慣れてないからって、バカにして……」

「バカになんかするわけない。言っただろ、俺は夏生のことをずっとかっこいいって思ってたって」

確かに言っていた。いまだに半信半疑だが。

「毅然《きぜん》と一人を楽しめる夏生のこと、ずっとリスペクトしてる。その夏生が、俺に心を許して無防備に感じてくれてるのが、たまらなく愛《いと》おしくて幸せなんだ。そういうのをかわいいって思っちゃダメかな」

長年片思いしていた相手に、甘える顔でそんなことを言われて、ダメだなんて言えるはずもない。

だが、素直に「かわいがって」と言うのも恥ずかしくて、夏生はそっと洸史郎の前髪に手を伸ばした。

出かけたときにはスタイリッシュに整えられていたヘアスタイルが、一連の戯《たわむ》れで崩れて、オンのときより何歳か若く見える。

「洸史郎こそかわいい。髪型がでっかい犬みたいになってる」

本音半分、強がり半分。そっちだってかわいいじゃないかよとイキって、ちょっと争ってみたりして。

洸史郎はふっと微笑むと「ワン！」と犬の鳴き声を真似して、夏生の耳たぶを甘噛みした。

「ひっ」

「じゃあ、でっかい犬プレイでいこう。俺は夏生のことが大好きで、ペロペロしたくてたまんないワンちゃん設定な?」

「な? って、え、うわっ、ひやっ、やめ……ぁ」

夏生の反応を見て、洸史郎はそのおふざけがいたく気に入ったらしい。夏生が逃げ腰になる場所ばかり集中的に舌を這《は》わせてきて、制止しようとしても「ワン」しか言わない。

もしも神様が実在して、神の視点でこの様子を見ていたら、絵に描いたようなバカップルぶりにあきれ返ったに違いない。

だが当の夏生はバカップルを楽しむ余裕などない。初めてのスキンシップのときからそうだったが、洸史郎は毎回夏生を口でいかせたがる。今回は設定のせいでペロペロが過ぎて、夏生は羞恥と快感に身悶《みもだ》えながら、三回もいかされてしまった。

三回目は口ではなくて、洸史郎の昂《たか》ぶりきったものとひとまとめにされて、手の中でのフィニッシュ。

息も絶え絶えの夏生をうしろから抱きしめながら、洸史郎はようやく人語をしゃべった。

「いつか人生が終わる日に、いわゆる走馬灯のように記憶がよみがえるってことがあったら、間違いなく今日のことも一ページになるだろうなぁ。夏生とリンクコーデで水族館デートをして、初めてでっかい犬プレイをして……」

幸せそうにしみじみと言う洸史郎に、夏生もくすぐったく満たされながら、初めてって、まさか二度目の犬プレイもあるのか……!? という慄《おのの》きに包まれる。

しかしそれ以上に、夏生には思うところがある。

「あの……あのさ、いつも俺ばっかかアレで、今日だって洸史郎は自分の手でアレしただけでアレだから、あの、アレを、その、アレしなくていいの？」

作家の端《はし》くれとは思えない語彙力《ごいりょく》でしどろもどろに言うと、洸史郎は片手を夏生の臀部《でんぶ》に滑《すべ》らせた。

「アレをアレっていうのは、ここを、こう？」

指先で尻《しり》の狭間《はざま》をそっと押されて、夏生は「ひぇっ」と色気のかけらもない声をあげた。

耳元で洸史郎が失笑する。

「求めておきながら、そんな情けない声出さなくてもよくない？」

「もっ、求め……いや、あの……」

夏生としては、いつも自分ばかり一方的に快楽を与えられるのはフェアではないというか、申し訳ない気がしてしまうのだが、考えてみれば洸史郎が自分にそうしたがっているとは限らない。

「洸史郎にも満足して欲しいな、と。その、もし洸史郎がされる方がいい人なら俺が頑張るし……いや、今日はもう勃《た》たないかもだけど……」

真面目に言い募《つの》ると、洸史郎は更に笑い出した。

「せっかくの男気を無下《むげ》にして申し訳ないけど、俺は百パーしたい側だから。もちろん夏生との需要《じゅよう》と供給が合致《がっち》した場合に限るけど」

「合致してる。どんと来いだよ！」

断言してみせたものの、じゃあ早速となったら、ちょっとビビるかもしれない。

洸史郎とそうしてみたいという欲求は大いにあるのだ。そんな妄想をしたことだって何度もある。

でもやっぱり恥ずかしさと怖さがある。なにより、ものすごく無様なことになって、洸史郎が一気に萎《な》えたらどうしよう……という不安が結構強い。さっきだって、下着の上から尻を触られただけで変な声が出てしまったし。

知らず身を硬くする夏生の肩を、洸史郎があたたかい指先でもみほぐしてくる。

「そんなに緊張しなくても大丈夫。今日はもう充分満ち足りたから、また今度ね」

「……いいのか？」

「夏生が小説を書くきっかけが俺だったたっていう特大な秘密を教えてもらえただけでも、今日は夢みたいに幸せだし」

「そんな……」

改めてそう言われると、だいぶ恥ずかしい。

「それに、こんなに長く片想いを募らせてきたんだから、一気に階段を駆け上がるのはもったいないだろう？　ゆっくり関係を深めていきたいんだ」

夏生はふと洸史郎に告白されたときの言葉を思い出した。

『恋になるのが怖かった』

『惚《ほ》れた腫《は》れたって、なんて無様で薄っぺらくてくだらないものなんだろうって思いながら育った』

洸史郎が性急に最後まで求めて来ないのは、まだ夏生との関係の永続性に半信半疑だからかもしれない。

だったら、自分も足並みを揃えて寄り添いたいと思った。揺るぎない夫婦愛と家族愛を浴びて育った夏生には、自分の洸史郎への気持ちが永遠に変わらない自信がある。

だからいつか洸史郎もそう確信してくれる日が来るまで、焦《あせ》らず伴走《ばんそう》していきたい。

……結果、やっぱり薄っぺらいものだったと思われちゃったらどうしよう？

そんな不安に一瞬とらわれてみたりした夏生だが、まさかそれから間もなく自分のせいで早々に関係性が危うくなろうとは、この時は想像もしていなかった。

2

昼下がりの自室でカーソルが明滅《めいめつ》するパソコン画面を眺めながら、夏生《かお》は重いため息をついた。

「ヤバい……」

思わずつぶやいたひとりごとで、ヤバさが余計に加速する。

書けない。

雑誌連載三話目の締切が迫《せま》ってきているというのに、完全に手が止まってしまっている。重要な恋愛シーンが、全く書けない。

兆《きざ》しは二話目のキスシーンの改稿時から現れていた。

先日洸史郎《こうしろう》と睦《むつ》み合《あ》ったあと、小倉《おぐら》に返信すべく原稿に手を入れようとしたのだが、洸史郎とのキスがチカチカと脳裏をよぎり、現実と作品が生々《なまなま》しくごっちゃになって、ほんの数十行の書き足しに五時間も悶々《もんもん》としてしまった。

なんとか加筆して送信したものの、その後着手した三話では症状がますます悪化していた。

そもそも、夏生の作家活動の原動力は、実らない恋だった。洸史郎への想いを妄想のネタにして、切なさやもどかしさといった感情を手を変え品を変え物語に織り込み、その感情のリアリティが読者の共感を呼んでいた。

しかし、恋は成就《じょうじゅ》してしまった。

しまった、というのもおかしい。おめでたいことであり、夏生は幸せいっぱいの日々なのだ。だから、なんなら今度は両想いの幸福感を糧《かて》に作家としてステップアップすることも可能なはずだった。

問題は先日、小説を書き始めたいきさつを洸史郎にカミングアウトしてしまったことだ。両想いの幸福感に酔《よ》いしれ、どちらの愛が重いかなどという戯《じゃ》れ合《あ》いに浮かれて、うっかり真実を暴露《ばくろ》してしまったのが間違いだった。あの秘密は、墓場まで持っていくべきだった。

今後、色っぽいシーンのたびに、現実のイチャイチャや願望をネタにしていると思われたらばつが悪すぎるし、洸史郎にもドン引きされるに違いない。

それを避けるために、絶対に二人の間には起こらない、起こっていない状況や心理の描写に努めようとするのだが、洸史郎への長い片想い以外、夏生には一切恋愛経験がないため、どうも嘘くさくなってしまう。

仕方がないので、子供の頃に姉から借りて読んだ少女漫画を電子で読み返したり、評判のいい恋愛ドラマを見まくったりして、仕事に取り込もうと努力もしたが、現在進行形の洸史郎との恋愛以上のときめきはどこにも見いだせなかった。

「なんかこの感じ、デジャヴだな……」

夏生はぼそっとひとりごちた。

両想いになる前、洸史郎に恋愛感情を否定されたと思い込んだ時にも、似たような症状に陥《おちい》って、同様の試みをして失敗した。

好きなことを仕事にしてはいけないなどと言うが、それ以上に、好きな人を仕事にしてはいけなかったのでは……？　と今更ながらしみじみ思う。いい方向でも悪い方向でも、関係性が揺れるたびにいちいち仕事に影響する。

その「好きな人」は、勤務先の出張で一週間ほど大阪《おおさか》に行っている。両想いになってからこんなに何日も会えないのは初めてのことで、なんとも恋しくて、夜になるとどちらからともなく電話をかけあい、しばしささやかなやりとりをするのが毎日の楽しみだった。

洸史郎の体温を知ってしまったせいで、触れられない距離がもどかしい。早く帰ってくればいいのにと思う。

だが、会えたら会えたで、また悩みそうだ。電話では余計なことで煩《わずら》わせたくなくて「原稿は順調」などと言っているが、出張から戻って、いざ洸史郎のターンで原稿に手を入れようとなったときには、全然書けていないことがバレてしまう。

頭を抱《かか》えて悶々《もんもん》とそんなことを考えていたら、テーブルの上のスマホのバックライトが灯《とも》った。

洸史郎からの連絡かと身を乗り出したが、表示されていたのは平口《ひらぐち》からの着信だった。

「もしもし？」と応じると、平口が怪訝《けげん》そうに言った。

『なんか声に覇気《はき》がないけど大丈夫？』

「え、そう？」

『うん。カレシからかと思ったらオマエかよ、みたいな覇気のなさ』

ある意味図星だったので焦った。

「いや、ちょっと原稿に気を取られてて……」

『あ、仕事中だった？　試作品の試食に誘おうと思ったんだけど、お邪魔だったら……』

「あ、行く行く！　ちょうど取材させてもらいたいこともあったし」

進まない原稿から逃げる口実を得たことにホッとして、夏生はパソコンの電源を落とした。

店休日の「カトルカール」は、甘い匂いに満ちていた。そこはかとなく春を感じさせる匂いだ。

「もう少しで桜の季節だろ？　新作を何種類か考えてみたんだ」

イートインスペースで、平口は熱い紅茶と共に、バターケーキを振る舞ってくれた。

「こっちは桜の塩漬《しおづ》けとクリームチーズ、こっちは更にこしあんも入れてみた」

「ケーキにあんこ？」

「意外と合うんだよ」

夏生はおそるおそる食べてみた。クリームチーズは想像通りの間違いないおいしさだった。

そしてこしあんの方は、それを上回るおいしさだった。

「うわ、これおいしいね！　桜の塩気とあんこの甘みが絶妙で、ちょっと桜餅《さくらもち》みたいな馴染みのある味わいなんだけど、ふわっとバターの香りがリッチで」

「おおっと、高評価いただきました」

平口はゆったりしたグレーのニットの袖《そで》を、芝居がかってめくりあげる。

「あともう一つ、マドレーヌも味見して欲しい。こっちは桜と白あん」

休日なのに新作の試作に意欲を燃やす平口の姿に、思わず羨望《せんぼう》のため息が漏れる。

それを見て、平口が心配そうな顔になった。

「どうしたんだよ。お疲れ？」

「いや、平口すごいなって思って。俺、原稿が全然書けなくてさ。身体を動かしてどんどん新しいものを生み出せる職人さんリスペクトっていうか」

「俺だっていつでも絶好調ってわけじゃないよ？　季節の新作を捻《ひね》りだそうと思っても、なんのアイデアも湧いてこなかったり、試作しても失敗の連続だったりすることもある」

「……そうか。そうだよね。確かに。人は簡単にあれこれできちゃうみたいに見えるけど、それは苦労が見えてないからだよね」

「まあなぁ。だけどこれがさ、苦労してひねくりまわせばおいしいものができるってわけじゃないのが難しいところなんだよ。テーブルの前に座って何日も悩みまくって考えたレシピより、ある日一瞬でふわっと自分の中から湧き上がってきたものの方が、ずっといいやつができたり」

「わかる！」

夏生は思わず腰を浮かした。

「スイーツもそうなんだね！　小説も、内容的には同じことが書いてあるように見えても、自分の感情をどれだけのせられるかっていうのが勝負なところがあって……」

面白《おもしろ》そうにこちらを見ている平口の表情にはっと我に返り、そそくさと座りなおした。

「ごめん、一人で悶々と悩んでたものだから、つい同志を見つけたような気持ちになっちゃって」

「一人？　相方はどうした？」

「あー、うん、ここしばらく出張で留守なんだ」

創作における役割分担の違いだとか、まさにその相方との関係性がスランプの原因だなどという詳細《しょうさい》を平口に説明するのは違う気がして、さらっと流してごまかしたが、平口はなんらかの違和感に気付いたようだ。

「なんだよ。カレシ不在で淋《さみ》しくて仕事になんないのか？　かわいいやつめ」

夏生は紅茶にむせ返った。

「そんなんじゃないよ」

「愛のキューピッドとでもいうべき俺の前で、照れることないだろ。目の前で大告白大会を繰り広げてくれちゃったくせしてさ」

「いや、ええと、その節《せつ》は大変なご迷惑を……」

「いいっていいって。だけど新婚さん二人で恋愛小説を書くってのもなんかニヤニヤしちゃうな。書いてるうちに自分たちが盛《さか》っちゃったりしてな？」

平口はからかいを口にしただけのようだが、当たらずとも遠からずの鋭いところを突かれて、夏生は思わず固まった。

「あ、ごめん。冗談にしても下世話すぎたな」

「いや……まさにそれだから」

「え、まさに書きながら盛ってるの⁉」

「違くて！」

「盛りながら書いてる⁉」

「違うってば！」

平口がふざけてくれるおかげで、夏生の建前もいい具合に外れてくる。

半《なか》ば破れかぶれに、夏生は言った。

「メインストーリーは俺が担当してるからさ、なんていうか、こいつ俺たちのこと書いてるのでは？　……みたいに洸史郎に思われたらやだなって。そう意識しすぎたら、急になにも書けなくなっちゃって」

「実際はどうなの？　洸史郎とのこと書いてるわけ？」

「……片想いの頃はちょっと感覚的なところを採用させてもらったことはあったかなっていう……」

元々、作家になろうと思って書き始めたわけではない。放っておいたら爆発しそうなやり場のない想いを、文章にすることでなんとか心のバランスを保っていた。

それがこうして仕事になって、今まで続けてこられたことは、本当に運がよかったし、ありがたいことではあるのだが。

「リアルなエピソードを盛り込んだことはないし、今後もそんなつもりはない。でも、どう感じるかは洸史郎次第だから、やりづらいっていうか」

「あいつはただただ嬉しがりそうだし、なんならネタ作りしようとか言ってきそうなタイプじゃん？」

平口は軽い調子で茶化してくる。

確かに、洸史郎の性格ならこの先も面白がり続けてくれる可能性もある。だが、可能性の話をするなら、二人の関係を切り売りしているように感じて、不快に思うようになる可能性だって十分にある。片想いの胸の内を綴《つづ》るのとは違う。非常にデリケートな問題なのだ。

いや、そもそも夏生は別に洸史郎との関係や睦言をつぶさに小説に綴ろうなどという気持ちは微塵《みじん》もない。ないつもりだ。

だが平口にも言った通り、そこは洸史郎の受け取り方次第だ。

優先順位として、夏生の人生にとって一番大切なのは洸史郎で。ようやく成就した関係に、作家活動が悪い影響を及《およ》ぼすのならば、迷わず洸史郎との関係の方を取りたい。

幸いと言っていいのか、洸史郎はこのところちょくちょく大阪本社に出向いたりして、勤務先の仕事が忙しそうだ。奨学金《しょうがくきん》の返済も終えたと言っていた。

二人のこれからを思えば、「春夏秋冬《しゅんかしゅうとう》」としての作家活動を終えるのもひとつの選択肢《し》かもしれない。

会社員である洸史郎はともかく、夏生は今後の生活に不安がないでもないが、今まで文章を書く仕事に携《たずさ》わってきたことを生かして、ライターとしての仕事を模索《もさく》するのもありではないか。

なんだかんだと平口のところで時間を過ごし、帰る頃にはもう日が暮れていた。手土産《てみやげ》にもらった菓子の包みを手に、マンションの最寄り駅の改札を抜けたとき、

「夏生！」

背後から大きな声で呼ばれた。

振り返ると、キャリーケースを引きながら洸史郎が小走りに駆けよってきた。

スーツにコートを羽織った仕事モードの洸史郎の姿を見ただけで、ティーンエイジャーのように胸が高鳴る。

なんといっても一週間ぶりの生《なま》洸史郎。自動改札にスマホをかざす仕草さえ、ほかの人とは違ってキラキラして見える。

「お疲れ様。今日帰れるなんて知らなかった。びっくりしたよ」

「内緒で驚かそうと思って。夏生は原稿で自宅缶詰中かと思ったけど、どこか出かけてたのか?」

「あ、うん。平口が新作の試食に誘ってくれて、取材がてらちょっとね。お土産もらったから、一緒に食べよう」

ふーん、という洸史郎の声に、なにがしかの含みが混じる。

「省吾《しょうご》と気が合ってるみたいだな、人見知りの夏生には珍しく」

「仕事がらみだから。それに、洸史郎の友達だと思うと、なんとなく気が置けないっていうか」

ジャンルは違えど、自分が生み出したものを生業《なりわい》にしているという部分の感性が合うのかもしれない。

「洸史郎、夕飯は?」

「まだ」

「なにか食べて帰ろうか」

「そうだな。会食疲れであんまり食欲ないんだけど、なんか無性にしょっぱい汁っぽいものが食べたい感じ」

夏生も外出して疲れたときには、そんな気持ちになる。

「じゃあ、久々にカップ麺《めん》とかどう？　禁断のお湯少なめで」

夏生が言うと、洸史郎は目を輝かせた。

「まさに今、そんな気分」

「俺の部屋に買い置きあるよ」

さりげなく部屋に誘うと、洸史郎の口元に嬉しげな笑みが浮かぶ。

いまだに自分の方から部屋に誘うのはちょっとドキドキするけれど、恋心が露呈《ろてい》するのを恐れて誘えなかった片想いの頃と比較すると、夢のように楽しいドキドキだった。

自分の部屋がいつもよりぱっと明るく見えるのは、水漏れ修理で貼り直された新品の壁紙にまだ目が慣れないせいなのか、それとも一週間ぶりの洸史郎の存在のせいなのだろうか。

「味噌《みそ》と醤油《しょうゆ》、どっちがいい？　あ、塩麹《しおこうじ》風味もある」

シンク上の棚《たな》に手を伸ばして、カップ麺のストックをあさっていたら、背後から洸史郎が抱きついてきた。

「まずは一週間ぶりの夏生を……」

「疲れてるんだろ？」

「だからこそ」

「ちょっ、待って、お湯危ないから」

ＩＨコンロのスイッチを切ると、洸史郎の腕の中でくるりとターンさせられて、唇を奪われ、キッチン台に腰を預けるような形でくちづけは深くなる。

洸史郎ががっついてくれるのが嬉しくて、興奮が夏生にも伝染する。

盛り上がるムードの中、視界の端っこに不意にパソコンが映《うつ》り込《こ》む。その途端、インクを水に垂らしたように、冷静さが興奮を凌駕《りょうが》していく。

二人の関係をネタにしていると洸史郎に誤解されたらいやだなと思っていた。でも誤解どころか、全然進まない原稿に焦って、このあと自分は今の昂揚感《こうようかん》を転写してしまったりするのだろうか。

原稿に目を通した洸史郎はそのことに気付いて、ドン引きしたりして……？

そんなのは嫌だ。片想いの自己憐憫《れんびん》に浸《ひた》っていた時とは違う。二人の時間と仕事は、切り離して考えたい。

とっさに、夏生は洸史郎の身体を押し返していた。

睦言の一環《いっかん》の、嫌よ嫌よも好きのうち的な拒《こば》み方《かた》ではなく、本気で嫌がるような押し方になってしまった。

洸史郎は軽く目を見開き、場の空気が一瞬固まる。

夏生は押し返した手で、慌てて洸史郎のシャツを摑んだ。

「いや、あの、疲れてるって言ってただろ？　いつも洸史郎にあれこれしてもらってるし、今日は俺が……」

そのまま床に跪《ひざまず》いて、洸史郎のベルトに手を伸ばす。

洸史郎は、毎回口で夏生を気持ちよくしてくれる。対等な恋人同士、たまには夏生がしたっていいはずだ。それに、作中には絶対に出てこない行為なら、ネタにすることも、していると誤解されることもなく没頭《ぼっとう》できるはず。

なんとかこの場をのりきろうとあたふたしていると、耳の横でピッとコンロのスイッチが入る音がした。

え？　と見上げると、洸史郎に二の腕を摑まれ、引き起こされた。

「やっぱ腹減ったから、禁断のカップ麺食べよう」

「あ……うん」

ほっとしたような、残念なような、ふわふわした気持ちだった。

お湯を注ぎ三分待つ間に、洸史郎はスーツの上着を脱いで、ネクタイを緩《ゆる》めた。

「うま」

湯気のあがる麺を一口すすって、洸史郎は相好《そうごう》を崩した。

「あっちのスタッフがごはんに連れて行ってくれたり、取引先との食事会とか、色々ご馳走《ちそう》食

べたけど、夏生と一緒に食べるカップ麺がいちばんうまい」

洸史郎の言葉が、頭の中で余韻《よいん》の尻尾を引きながら何度もリフレインする。

二十年前の俺に聞かせてやりたい。いや、二十年前どころか、半年前の俺ですら、こんな幸福が訪れることを知らずに生きていたのだ。

「……俺も、一人で食べるカップ麺より、洸史郎と一緒に食べるカップ麺の方がおいしい」

湯気で眼鏡《めがね》を曇らせながらもじもじ返すと、洸史郎はふっと微笑んだ。

「よかった。でも夏生、まさか俺の留守中、毎日カップ麺だったの？　健康状態心配なんだけど」

しまった。バレた。

「そんなことないよ。ほら、今日だってお菓子もいっぱい食べたし」

テーブルの上の手土産の包みを示してみせると、洸史郎は非難するように無言で眉間《みけん》にしわを寄せた。

確かに、栄養バランス的には問題があるかもだけど……。

「原稿中は心の栄養も大事だろ。めっちゃおいしいから、洸史郎も食べてみてよ」

カップ麺を食べ終えたあと、お茶を淹《い》れて、焼き菓子を勧めた。

「ん、確かにうまいな。春の香りがする」

「だろ？　天才だよね、平口って」

二切れ目を頬張りながら、洸史郎は横目に夏生を見た。

「で、うちの天才作家さんの原稿はどんな調子だ？」

ドキッとして、夏生はお茶を飲む手を止めた。

だいぶ遅れてる。

ヤバいかも。

今までならするっと出てきた言葉を、咄嗟《とっさ》に言えなかった。

遅れている理由を自分の中で発酵《はっこう》させすぎてしまった。

「ええとね、若干《じゃっかん》てこずってはいるけど、まあ、もうひと踏ん張りって感じかな」

笑顔を取り繕って、お茶を濁す。

「そうか。手伝えることある？」

「洸史郎のターンはもうちょい先だから。とりあえず出張の疲れを癒《いや》してよ」

「サンキュー。ゆっくり休むよ……と言いたいところだけど、明日も出社だ」

「うわ、お疲れ様」

「まあ三日行ったら、そのあと三連休だし。それまでに初稿をあげておいてくれたら、連休中に加筆部分は任せてよ」

「おう。それまでに頑張る」

さらっと返しながら、内心は冷や汗だらだらだった。三日は相当厳《きび》しい。

なにはともあれ、引き受けている仕事だけは、ちゃんと最後まで終わらせなくてはいけない。

そのうえで、状況が改善しないようなら、洸史郎に今後の仕事のことを相談せねば。先日も考えたように、このところ多忙な洸史郎の健康のためにも、今後の二人の関係のためにも、洸史郎には勤務先の仕事に全振りしてもらうのがベストかもしれない。

とにかく、夏生にとって一番大切なのは洸史郎なのだ。

「あのさ、実はちょっと相談したいことがあるんだ」

耳から入ってきたその言葉に、夏生は一瞬固まった。

あれ、相談するのは今の仕事が終わってからのつもりだったけど、なんか口走っちゃったかな、俺。

いや、今のは自分の声ではない。

横を見ると、洸史郎がじっと夏生を見下ろしていた。

「……今、相談って言った？」

「言ったけど。なにをそんなにびっくりしてるんだ？」

「いや、俺も洸史郎に相談しなきゃと思ってたから、脳内の声がだだ洩《も》れしたのかと……」

びっくりしすぎて、言わずもがなのことを口走ってしまう。

「え、夏生も？」

ヤバいヤバい。

「ああ、うん、でも、俺のは大したことないから。洸史郎の相談ってなに？」

矛先《ほこさき》を逸《そ》らして話を聞く態勢を取ると、洸史郎はめくりあげたワイシャツの袖を戻しながら、言葉を探すようにして言った。

「大阪本社に転勤の話が出てるんだ」

「え」

想像もしていなかった方向性の話だった。

「それって、ご栄転ってやつ？」

「まあ、よく言えばな？　副業申請《しんせい》もしてあるし、上司はその辺わかった上で、作家業ならどこに住んでてもできるだろ？　みたいに軽ーく言われてさ」

実際に働いている洸史郎を見たことはないが、作家活動をしていく上で、洸史郎のコミュニケーションスキルやデータ収集能力にどれだけ助けられたかわからないから、勤務先でも重宝される人材なのは想像に難《かた》くない。

そうか、転勤か……。一週間の出張でもあんなに淋しいのに、それが年単位で続くなんて、その淋しさに耐えられるだろうか。

呆然《ぼうぜん》とそんなことを考えていたら、洸史郎は言った。

「どこに住んでいてもできるのは確か。ただ、ＰＭ《プロジェクト・マネージャー》となると今まで以上に責任も大きいし、中途半端はよくないなって思って。この際、退職して『春夏秋冬』一本に絞《しぼ》るのもありかなって思ってるんだ」

近々提案するつもりだった人生構想と真逆の話をされて、夏生は思わず固まった。

「退職って……」

「なんだかんだこのマンションも手狭《てぜま》だし、そうなったときには二人で仕事場兼自宅を新しく借りて、一緒に暮らしたい。夏生はどう思う？」

あまりにも思いがけない話で、夏生は答えに詰まった。

大阪行きを断って、夏生と一緒に暮らしたいと思ってくれているのは、ものすごく嬉しい。夏生だって、せっかく両想いになったのに離れ離れは淋しすぎる。

だが、このスランプ状態で洸史郎が仕事を辞めたら、路頭に迷わせてしまう。

一番大切なのは、洸史郎なのだ。その洸史郎を夏生のせいで無職にするわけにはいかない。

「あの……」

口ごもる夏生を見て、洸史郎の表情が曇った。

「夏生は反対？」

「いや、そうじゃなくて……話が急すぎて、なんて言ったらいいか」

洸史郎はふっと微笑んだ。

「確かにそうだな。俺ももうちょっと考えるけど、夏生も考えてみて。引っ越しの件も含めてさ」

「うん。わかった。なにはともあれ、とりあえず目先の原稿を書き上げちゃわないとな？」

「そうだな。じゃあ、今日は俺も部屋に戻るよ」

「ああ、お疲れ様」

ドアの前で洸史郎を見送って、夏生は大きなため息をついた。

一週間ぶりの逢瀬《おうせ》だったのに、キスだけで追い返したみたいな流れになってしまった。

久しぶりだし、もう少し一緒に過ごしたかったな。洸史郎の体温を感じたかった。

でも、また色っぽい雰囲気になったらなったで、色々ぐるぐるして拒んでしまいそうな気がする。

「ううう……なにやってんだ、俺」

悶々《もんもん》としながら、夏生はパソコンのフラップを開いた。

3

出張から戻ったあとの三日間も、洸史郎《こうしろう》は仕事が忙しそうだった。転勤話にその後動きはあったのかすごく気になったし、夏生《かお》自身も自分の気持ちを伝えなくてはと思いつつなかなか切り出せず、一緒に食事をしても仕事を理由にいそいそと自分の部屋に戻ってしまっていた。

仕事仕事と言いながら、肝心《かんじん》の原稿は全く進んでいなかった。

このままでは、人生初めて原稿を落としてしまいそうだ。

脳内ぐるぐるモードに取りつかれていたら、小倉《おぐら》から進捗《しんちょく》確認の電話がかかってきた。

「すみません、ちょっと今回締切微妙かなって感じで……」

恐る恐る伝えると、

『春名《はるな》先生、勤務先の方がご多忙で今大変そうですものね』

どうやら洸史郎とも話したらしく、そんな言葉が返ってきた。

原稿が遅れているのはひとえに夏生のせいなのだが、洸史郎がいつものようにうまいこと責任を負ってくれたのだろう。

申し訳ないし、今すぐ洸史郎の部屋に駆け込んで詫《わ》びたいし、抱きついて洸史郎の体温を感じていい匂いを嗅《か》ぎながら、悩んでいることを全部打ち明けてしまいたい。

『お二人に元気注入ということで、のちほどｗｅｂアンケートの感想を転送しておきますね。今回、パティシエのお仕事シーンもなかなか好評ですよ。スイーツ系はやっぱり需要《じゅよう》ありますよね』

「よかった。取材も功を奏してるみたいで」

『「ベリーベリー」の久保田《くぼた》さんも、前号の展開めちゃめちゃよかったっておっしゃってましたよ』

「ホントですか？　ありがたいです」

『特にあの、修正していただいたキスシーンのとこ、前後の流れに今までにないキュン感があるってモエモエしてましたよ。私もそう思いました』

そう言われて、血の気が引いた。

やっぱり実生活の生々しい成分がにじみ出てしまっているのではないだろうか。

良かれと思って伝えてくれた感想は、さらに夏生の書けなさに拍車をかけた。

いや、恋愛小説としてはむしろいい変化じゃないか。なのに俺はうだうだグダグダなにを考えてるんだ？　仕事なんだから、もうなにもかもネタにしてやるくらいの勢いで取り組めよ！

だけど行間からにじみ出るそのキュン感とやらで、洸史郎に引かれたら困る。夏生にとって何より大切なのは洸史郎なのだ。

そもそも、その洸史郎が転勤って、これからどうなってしまうのだろうか。

頭の中はただぐるぐると雑念が巡《めぐ》り、パソコンの前に座ってもまるで集中できない。

そうこうするうちに洸史郎の三連休に突入し、初日の朝に洸史郎が夏生の部屋に様子を窺《うかが》いに来た。

「どう、そろそろ俺の出番はきたか？」

リラックスした部屋着姿の洸史郎を見るのは、久しぶりのことだった。洸史郎ほどスーツの似合う男はいないと心の中でいつも一人のろけている夏生だが、ゆるっとした部屋着姿もまたすごくいい。

もう仕事のことなど忘れて、ぎゅむっと抱きつきたい衝動に駆られるも、原稿のことを考えるとそれどころではない。

「実は……」

全然書けてないんだ、と、もういい加減正直に打ち明けなくては。二人の名義の仕事なのだ。締切を落としたら夏生一人の問題ではない。

だが切羽詰《せっぱつ》まりすぎてますます言い出せない。

子供の頃にこんなことがあったな、とふと思い出す。行ってはいけないと言われていた近くの小川にこっそり遊びに行って、底石で足の裏をケガした。言えば怒られると思って黙っていたら、傷が悪化してしまい、歩き方の不自然さで母親に気付かれたときには化膿《かのう》してしまっていて、病院で膿《うみ》を出すのにひどく痛い思いをした。

「実は……その、今回は恋愛部分をちょっと後回しにして、スイーツの描写で盛り上げようかなって思ってさ、それで平口《ひらぐち》に助言をもらいたいところがあるから、取材に行ってくる。幸い今日は店休日だし」

なんてしょうもない俺。でも、実際今回はそれで凌《しの》ぐしかない。幸い読者にはスイーツの描写も好評のようだし、恋愛の進展は次回送りにして、とにかくお仕事シーンで繋ごうと、昨夜のうちに平口にアポをとっておいたのも本当のこと。

「俺も行くよ」

「洸史郎は疲れてるだろ？　お休み初日くらいゆっくり休んでていいのに」

「俺がいたらまずいの？」

硬い声で言われて、え、となる。

「いやいや、全然。一緒に行けるなら嬉しいけど」

「じゃあ、着替えたらエントランス集合な」

「わかった」

身支度《みじたく》をして一階に降りると、洸史郎はすでに夏生を待っていた。

ハイネックの黒いニットがこんなに似合う人間は洸史郎しかいないと思うのは、惚れた欲目だろうか。スーツも部屋着もいいけど、休日に外出するときのカジュアルなスタイリングは、洸史郎のルックスとセンスの良さをより一層引き立たせている。

　俺って本物のバカかも、と夏生は思う。二十年以上のつきあいなのに、どんな洸史郎を見てもいちいち新鮮にときめいてしまう。

　洸史郎本体だけではなく、洸史郎との記憶にまつわるものにだって、いちいちときめく。

　小学生の時、藤棚《ふじだな》の下で洸史郎がスポーツシューズを貸してくれたとき以来、夏生は毎春藤の花を見ると胸が高鳴った。水道水の塩素の匂いで、芋虫《いもむし》を取ってくれたプールでの出来事を思い出すし、実家に帰省したときに石油ストーブの匂いを嗅《か》ぐと、高二の冬にストーブの効いた教室で洸史郎にコロッケパンをもらったことを思い出す。

「日のある時間に夏生と外を歩くの、久しぶりだな」

　冷たさの中にもかすかに春の匂いがする空気を吸い込んで、駅に向かって歩きながら、洸史郎がしみじみした口調で言った。

「……確かにそうだな」

　長い時間を共に過ごしてきたけれど、片想いだと信じていたころは休日にこんなふうに一緒に出掛けることはほぼなかった。いわゆるデート的な時間を過ごすようになったのは、両想いになってから。

　洸史郎が転勤してしまったら、こんなひと時は再び貴重なものになってしまうのかな。

いや、そもそも、転勤話はどうするのか、それについても話をしなくてはと思う。だが、洸史郎がそれを切り出してくるのも怖いし、自分から訊《たず》ねるのも怖い。もう色々とどうしていいのかわからない。

「おっと、おそろいでいらっしゃい」

平口は焼き菓子の芳香《ほうこう》とともに笑顔で二人を迎えてくれた。

「ごめんね、せっかくの店休日に」

夏生が恐縮《きょうしゅく》して言うと、平口はカウンターの奥でコーヒーサーバーを手にかぶりを振った。

「休みって言っても、基本店内で試作してるだけだし。むしろ試食して意見をもらえるのはありがたいよ」

マグカップと焼き菓子がのった大きなトレーをもってきて、平口は二人をイートインスペースへと促《うなが》した。

「アレルギー対応レシピも何点か店のレギュラーに加えようと思って、卵不使用のガトーショコラを作ってみたんだ。率直な感想を聞きたい」

何度も平口を取材して焼き菓子のあれこれを教えてもらってきた夏生は、製菓店がいかにたくさんの卵を使うかを見て学んでいたから、率直に驚いた。

「卵なしで⁉」

向かいに座った洸史郎が目をしばたたく。

「そんなにすごいことなのか？」

平口は満足そうにニコニコした。

「店のＰＲ動画に使えそうないい反応をありがとう。まあお菓子作りは卵命ってところがあるんだ」

ゆるい生クリームが添えられたガトーショコラを、夏生は一口頬張った。

「おいしい。事前に聞いてなければ、卵不使用って全然気づかないと思う」

「うん。俺はスイーツのことはよくわからないけど、なんの違和感もなくおいしい。コクがあって、どっしり濃厚で」

二人の反応に、平口は「おおー」と嬉しげに拍手した。

「カカオ分が違う三種類のチョコレートを使って、奥行きを表現してみた。あとグラニュー糖じゃなくてきび砂糖を使ってコクを出してる」

「プロフェッショナルだな」

感心する洸史郎にもう一切れ勧めて、平口は自分でも一口食べて何かを考えるように咀嚼《そしゃく》した。

「あと一グラム、ベーキングパウダーを増やした方がいいかな。卵がない分硬さが出るから、そこの配合が微妙なんだよな」

「充分おいしいけどな。プロは妥協《だきょう》を許さないんだね」

そんなやりとりをしていると、洸史郎のスマホに電話の着信があった。

「ちょっとごめん」

断りを入れて、洸史郎はテーブルから数歩離れて着信に応じた。どうやら職場の人のようだった。

また転勤話が脳裏をよぎる。それを振り払うように、夏生は注意の先を目の前のスイーツに戻した。

「今のアレルギー対応のスイーツの話、作中で使わせてもらってもいいかな？　もちろん材料の配合とかは企業秘密としてさ」

「もちろんいいよ。うちのバイトくんの弟が小麦アレルギーで、この間は米粉のシフォンも作ってみたんだ。今日は現物がないけど、写真見る？」

平口のスマホの写真フォルダを見せてもらいながら、夏生はあれこれ質問して、アプリにメモをとった。

「その後、原稿はどうよ？」

平口はちょっとからかうような表情で夏生に顔を寄せてきた。

「全然書けてないって言ってただろ？　締切間に合いそう？」

なんともタイミングが悪かった。

電話を切ってこちらを振り向いた洸史郎が、訝《いぶか》しげに眉を顰めた。

「全然書けてない？」

「あ……いや、あの……」

夏生がしどろもどろな様子になると、洸史郎は語気を強めた。

「俺には、もうひと踏ん張りって言ってたよな？」

「ええと……ごめん、ちょっとなかなか言い出せなくて……」

「俺に言えないことを、省吾《しょうご》には相談してるわけ？」

そう言われてみれば、確かにそういう状況になってしまっている。だがそんなつもりじゃなくて……。

「違うんだ、あの……」

言葉に詰まる夏生を見かねた様子で平口が割って入ってきた。

「待て待て、落ち着けよ。ていうか、なんで毎回うちで揉《も》めるんだよ」

「おまえが夏生をたぶらかすからだろ」

「いやいや、とんだ濡《ぬ》れ衣《ぎぬ》よ？　むしろ俺はおまえらの愛のキューピッドを自称してるんですけど？」

「そうだよ！　平口は全然悪くないから」

「なんで省吾を庇《かば》うんだよ？」

腹立たしげに洸史郎は夏生をにらみつけてきた。

あああ。成長しない俺。足の裏の傷が化膿してしまったあのときのように、自分の不注意と勇気のなさが、現状を引き起こしたのだ。

「俺とあれこれするの、なんとなく避けられてるのはわかってた。一緒に暮らす話をした時も、喜ぶどころか怯《おび》えたみたいな顔されて、胸の奥がヒヤッとしたよ」

違う違う、全然違うから！

焦りすぎて言葉が出てこない夏生を見て、洸史郎は急に我に返ったようにハッとなり、大きく息を吐いた。

「……悪い。なにをみっともないこと言ってるんだろうな、俺は」

「洸史郎」

「ごめん、帰って頭を冷やす」

踵《きびす》を返して店から出ていった洸史郎の背中と平口とを交互に見やり、夏生は平口に頭を下げた。

「ホントにごめん、散々取材に協力してもらった上に、こんな迷惑をかけて」

「あんなあからさまにやきもち焼かれると、逆に愉快《ゆかい》な気持ちすらしてくるよ」

平口は笑いながら残った焼き菓子を袋に詰めてくれた。

「無事仲直りしたら、当店の焼き菓子でスイートなひとときをどうぞ」

「ありがとう。また改めて洸史郎とお詫《わ》びに来るから」

「待ってるよ」

平口の笑顔に見送られて、夏生は店を飛び出した。ほんの数ヵ月前に、洸史郎と想いが通じ合って、コートのポケットの中で手を繋いで歩いた道。あの時はまだ真冬で、凍ったような星空がきれいだった。今は冬枯れの木立《こだち》の先端が少し膨《ふく》らんでいる。

あんなにしっかりと想いを確かめ合って、天にも昇る気持ちだったのに、あっという間にこんなしょうもない揉めごと。すべては夏生が洸史郎のことを好きすぎて、しかも恋愛に不器用なせい。

恋愛小説なんか書いているのに、プライベートでの恋愛力はヨチヨチ歩きにも達していない。

道中、洸史郎に追いつくことはできなかった。マンションに帰り着くと、夏生は自室をスルーして洸史郎の部屋を訪ねた。ドアをノックして、おそるおそる声をかける。

「洸史郎、帰ってる？　ちゃんと説明したい」

返事はなかった。まだ帰っていないのか、それとも顔も見たくないくらい怒っているのか。

夏生はいつにない勢いでインターホンを連打した。

こんなことでこじれて、変な感じになるのは嫌だ。二十年に及ぶ片想いの果てにやっと手に入れた最愛の恋人。

ふいにドアが開いて、上半身裸で頭からぽたぽた水を垂《た》らした洸史郎が顔を出した。

「こっ、洸史郎？　どうしたの？」

「……頭を冷やしてた」

ぼそっと言って、奥に戻っていく。夏生は閉まりかけたドアを慌てて押さえて、洸史郎の背中を追った。

床にぽたぽた垂れたしずくが靴下《くつした》の中に染みて冷たかった。

こちらに向けられた背中に、拒まれているように感じて、なんとかかける言葉を探す。

「あの……頭を冷やすって、概念的《がいねんてき》な表現かと思ってた」

「普通そうだよな。何やってるんだろうな、俺は」

洸史郎は大きくため息をついて、床に体育座りした。

「夏生の前でここまでかっこ悪くなれる自分に、驚いてる」

「そんな……」

そんなことない、と言いかけて止まる。

夏生の人生の中で洸史郎は初恋の星としてずっと燦然《さんぜん》と輝いていた。小学校から大学まで、常に陽気な一軍グループに属して、なんでも卒なくこなし、男女どちらからも好かれていた。

「春夏秋冬《しゅんかしゅうとう》」が商業作家として成り立っているのだって、ほぼ洸史郎のおかげだ。

そういう姿をかっこいいと称するなら、確かに今日の前にいる洸史郎は本人が言う通りかっこ悪いのかもしれないけど……。

「おまえは自分のことコミュ障とか言うけど、実際は俺よりおまえの方がずっとしっかりしてるし、ひとりで充分やっていける」

「そんなことない。洸史郎がいなかったら俺は……」

「違うよ。俺に洗脳されて、そう思わされてるだけだよ。人見知りで、おっちょこちょいで、会社勤めは向かないから作家になった方がいいって、俺が誘導して、そうさせた」

「感謝してるよ。洸史郎がいなかったら、今頃どうやって生活してたか」

「だから、そう思わされてるだけだって」

あんなにかっこいい洸史郎が、自分の前で卑屈《ひくつ》になってかっこ悪い姿を晒《さら》している。

それを、たまらなく愛《いと》おしいと思った。

夏生は洸史郎の肩にかかったタオルを頭にかぶせ、ガシガシと水気を拭《ふ》きとった。

「だったら、そう思わせてくれてありがとう」

床に膝をついて、タオルでくるんだ洸史郎の頭をそっと胸元に抱き寄せる。

「夏生……」

「洸史郎がかっこ悪いっていうなら、俺なんてその一億倍かっこ悪い。……俺さ、洸史郎への気持ちを綴ったのが小説ことはじめだって言っただろ？」

「……うん」

「うっかりあんなカミングアウトをしたせいで、洸史郎とイチャイチャするたびに、これから書くラブシーンは、全部こういうときの自分の気持ちをネタにしてるって誤解されて、そのうち引かれるんじゃないかって、不安になって……」

タオルの隙間から、洸史郎が上目遣《うわめづか》いに夏生を見た。

「もしかして、最近俺とベタベタするのをなんとなく避けてるみたいに感じたのはそのせい？」

「ああ。スランプを一番最初に相談すべきは洸史郎だってわかっていても、理由が理由だけに恥ずかしくてなかなか言い出せなくて……」

言葉を探しながら夏生は言った。

「誤解ってさっきは言ったけど、誤解どころか実際に洸史郎とのあれこれを原稿に転写しちゃうんじゃないかって思った瞬間もあったりして。そんなの絶対ダメだって思ったら、余計書けなくなってさ。恋愛小説家廃業《はいぎょう》の可能性も考えたときに、洸史郎から転勤か退職かっていう話が出て」

「……ごめん、夏生がそんな悩んでるって知らなくて」

「違う、全面的に俺が悪い。俺にとって一番大事なのは洸史郎との関係だから、そこに影響が出るくらいなら、もう作家をやめてもいいって思っちゃって。でも、洸史郎が会社勤めしんどくて作家一本に絞りたいっていう時に、小説が書けないなんて尚更《なおさら》言い出せなくて……」

洸史郎はタオルを振り払って顔をあげた。

「待って、俺は会社勤めが嫌になったわけじゃない。むしろやりがいを感じてるくらいだ」

「え？　だけど……」

「俺が不安だったのは、夏生からなんとなくフィジカルな接触を避けられてる気がすることで」

「え」

「仕事は好きだけど、それ以上に俺には夏生とのことが気がかりで、とにかく夏生との時間を増やしたかったから、遠恋は勘弁って思って」

打ち明け合ってみれば、またもやバカバカしい誤解の連続だったわけで……。

ホッとしたのと同時に、なんともきまり悪くなる。

「なんていうか……アレだな、俺たち、世の中を舐《な》めてるのかな。いい年して仕事よりなにより恋愛とかさ」

照れ隠しに夏生がもごもご言うと、洸史郎は乱れた前髪の下から今日いちばんの笑顔で言った。

「いいだろ。だって俺たち、恋愛小説家ユニットなんだから」

思わずつられて笑ってしまう。

そんな開き直り方、自分では思いつかなかったけど、それもアリかと思ってみたり。

洸史郎は夏生の背中にそっと手を回しながら言った。

「さっきの話だけど」

「さっき?」

「イチャイチャをネタにしてると思われそうで不安って話」

「ああ、うん」

「いっそさ、もうすべてをネタにしてやるくらいの気持ちでやってみない？」

「なにそれ」

「だってそもそも、まだ最後までやってもいないのに、ああじゃないかこうじゃないかって頭でっかちに恐れているのもどうかって話じゃん？　だったらもう、いっそ二人でネタを探求するぞ！　くらいの意気込みで、イチャイチャしようよ」

背中に回された洸史郎の手に、力がこもる。久しぶりの抱擁《ほうよう》にどぎまぎしながら、夏生は洸史郎の肩に顎《あご》をのせてぼそぼそ言った。

「あのさ、俺との関係は薄っぺらいものじゃないって、思えそう？」

「ん？」

「洸史郎が最後までしないのは、まだこの関係の永続性に確信が持てないからなのかなって、ちょっと想像してたりするんだけど」

は？　と啞然《あぜん》としたような声を出して、洸史郎は夏生の表情を覗《のぞ》き込《こ》んできた。

「逆だよ。夏生が毎回、自分ばっか気持ちよくなったら悪いからとか、お返しにとか言うから、そんな負い目じゃなくて、夏生がホントに全部してもいいってなるまでゆっくりペースでことを進めようと思って、やせ我慢を重ねてた」

「え、マジで？」

なにそれ。見当違いにもほどがある。

長い片想いが、実は両想いだったとわかって歓喜したのもつかの間、相変わらずお互いに本音を隠してぐるぐるしていたらしい。

洸史郎は再び夏生をぎゅうぎゅうハグしてくる。

「無理な我慢なんかしないで、グイグイいけばよかった」

「俺も……」

夏生は洸史郎の身体に手を回して、自分からキスをした。

洸史郎が驚いたように目を見開く。

「夏生からキスされたの、初めて」

「だって、したかったから」

こみあげる情動のまま、洸史郎の唇に何度も唇を重ねた。

なんでもできて完璧《かんぺき》な憧《あこが》れの存在だった洸史郎。それは今も変わらないけれど、洸史郎が等身大の葛藤《かっとう》や弱みを見せてくれるたび、どんどん新しい好きが生まれる。

濡れた髪に指を潜《もぐ》り込《こ》ませて、洸史郎の顔を抱えるように不器用なキスを繰り返すと、触れ合った洸史郎の身体が率直な反応を示す。

自分のキスで洸史郎が欲情してくれていることが、震えるほど嬉しくて、夏生の官能にも火がついていく。

膝立ちで抱き合っていた洸史郎を座らせて、夏生は洸史郎のボトムスに手をかけた。

「……夏生？」

「いつも洸史郎がしてくれるやつ、今日は俺がしてもいい？」

「無理しなくていいよ」

「無理じゃない。したいんだ。させて？」

炎天下で激しいのどの渇《かわ》きに見舞われたときみたいに、洸史郎を欲しいと思った。

ボトムスのゴムに指をかけ、洸史郎のものにそっと手を添えて唇を寄せた。

「ん……」

洸史郎が腹筋に力を入れて、小さな声を漏らす。それに煽《あお》られて、夏生は洸史郎の大きなものをためらいなく口に含んだ。

「やばっ……俺、今日死ぬのかな……」

色気のある声で、洸史郎が低くあえぐ。夏生の頑張りを励《はげ》ますように、髪に手を滑り込ませてくる。

洸史郎に見られながらするのは恥ずかしかったけれど、それ以上に夢中になった。自分のへたくそな舌遣《したづか》いに、洸史郎のものがビクビクと反応して、硬度を増していくことに、夏生の方が興奮し、口の中が敏感な器官になったように陶酔《とうすい》した。

きっと今、自分はとんでもなく間抜けな顔をしているに違いない。口の傍《はし》からあふれた唾液《だえき》がだらしなく顎《あご》を伝わるのがわかる。

だが、その感触すら、ゾクゾクとした快感に変わっていく。

「夏生……ヤバいからいったん待って……」

洸史郎が腰を引こうとする。夏生は夢中の遊びを中断させられるのを受け入れられない幼児のようにイヤイヤをして、洸史郎のものをより深く咥《くわ》え込《こ》み、突き上げる衝動のまま舌と唇で愛《いと》おしんだ。

「バカ、ヤバいって……」

珍しく取り乱したような声で、洸史郎が夏生の頭を引きはがす。

途端に視界が白く消失した。

「ほら、言ったろ」

白濁《はくだく》に覆《おお》われた眼鏡を、洸史郎に奪い去られた。

ぼやけた視界に、ばつが悪そうな、でもどこか幸せそうな洸史郎の表情が見えた。

「よすぎて我慢がきかなかった」

そう言いながら夏生の腕を摑んで引き起こすと、ベッドに放り投げられた。

「今度は俺のターンな」

「お返しとかいいからな。いつも俺ばっかしてもらってるんだし」

「お返しじゃない。俺がしたくてたまらないからするんだよ」

夏生の唇を奪ってきた洸史郎は、苦笑いで一瞬唇を放した。

「自分の味とか、微妙だな」

「あ……口ゆすいでくる。ついでにシャワーを……」

「そんなの待てない」

起き上がろうとするのを押さえつけられ、上着とニットをむしり取られた。

インナーのTシャツも頭から抜き取られ、待って待ってという言葉をキスで塞がれた状態でボトムスも脱がされた。

夏生にまたがった状態で、洸史郎も自分の着衣を器用に脱ぎ捨てていく。

今まで何度も触り合い……というか主《おも》に夏生が一方的にあれこれされてきたのだが、こうして着衣なしで抱き合うのは初めてのことだった。

後ろ抱きにした夏生のものに触れてきた洸史郎が、軽く驚きの声をあげる。

「触る前から元気になってる」

「洸史郎にしてたら、こっちも興奮した」

「かわいい。嬉しい。大好き」

急に語彙力を失ったように単語を並べて、洸史郎は夏生のものを手の中で愛おしみ始めた。

「あ……」

夏生の感じやすい場所は、もう洸史郎には知り尽くされている。巧《たく》みな指先の愛撫《あいぶ》で、夏生はすぐに高まった。

あふれ出す潤《うる》みを指先に掬《すく》い取《と》って、洸史郎は夏生のうしろをあやしにかかる。

長い片想いの間に、洸史郎に抱かれる妄想をしたことは一度や二度ではない。その部分で繋がって絶頂を極める自分、みたいな想像だって、何度もした。

そんな後ろめたさがあるせいか、なんだかちょっと腰が引ける。すごく丁寧に、大切な宝物をおそるおそる点検するみたいなやり方が、却《かえ》って気恥ずかしくていたたまれない。

「そ……それもう大丈夫だから、サクッと突っ込んでよ」

繊細《せんさい》な指の動きを止めると、洸史郎は耳元でふっと噴き出した。

「変なところで男らしいよね、夏生。さっきのオーラルといい」

「だ……だって」

「でも、こんなぎゅうぎゅうに固い場所に、サクッとなんて突っ込めるわけないだろ。せめて俺の指を一本受け入れてから言って？」

「ひぃぁ！」

指先を押し込まれそうになっただけで、本能的に身体が硬くなって、侵入を拒む。

「ごめん、痛かった？」

洸史郎が心配そうに声をかけてくる。

「嫌だったら、全然無理しなくていいんだからね？」

違う、そうじゃない。

もう絶対に、変な思い違いでぐるぐるするのは嫌だから、ちゃんと全部洸史郎に伝えないと……。

「嫌じゃない。俺、洸史郎とセックスする想像を、何回も、何十回も、何百回もしたし」

「え、ホントに？」

洸史郎が嬉しそうに言う。

「ホントに。だけど、だから、なんかそういう自分を思い出してちょっと後ろめたくなってるだけで」

「なんで後ろめたくなるの？　俺だって夏生のこと夢の中で一億回くらい犯してるけど、後ろめたく思った方がいい？」

耳元でささやかれて、身体の奥がゾクゾクと震えた。

「……どんなふうに、俺にしたの？」

なんでそんなこと訊き返してるんだろう。しかもこんないやらしく上擦《うわず》った声で。

洸史郎の切れ長の目に、欲情の火が揺れる。

「こんなふうに」

うつぶせにされ、腰を持ち上げられて、洸史郎に向かって尻だけを突き出すような姿勢を取らされた。

「こうやって、よく見えるようにして、ここをほぐして……」

「あ……」

押し当てられた指先が、さっきよりも抵抗なく、少しだけ内側に侵入してくる。

「たっぷり濡らして」

吐息と共に、洸史郎の唇が敏感な部分に触れ、指とすぼまりの狭間《はざま》を舌で舐められた。

「ひゃっ」

「気持ちよすぎて夏生が泣きながら入れてって懇願《こんがん》してくるまで、ここをじっくりかわいがるんだ」

「やっ……あ……」

力が入らなくてへたりそうになる腰を、洸史郎の手でがっちり押さえ込まれて、舌と指先と唾液でそこをやわらかく作り変えられていく。

さっきジェントルに触れられていたときとは違う、隠微《いんび》な熱が体内に生まれる。

恋愛や性欲のスイッチって不思議だ。スタイリッシュで美しいだけのものじゃない。誤解や嫉妬《しっと》やみっともなさや恥ずかしさが、思わぬボタンを押すことがあるのだと、身をもって教えられる。

洸史郎は、夏生をほぐしながら、夢の中でどんなことをしたか子細《しさい》に教えてくれた。夏生も自分の妄想の詳細《しょうさい》を打ち明けさせられた。

心身ともに、お互いの恥ずかしいところを晒しながら、無防備に全部を赦《ゆる》して、昂《たかぶ》っていく。一本目の指が慣れるまでには少し時間がかかったけれど、二本目から三本目への移行はスムーズだった。

その間に前で二回いかされて、もう悶《もだ》え死《し》ぬんじゃないかと息も絶え絶えで脱力したところに、洸史郎が自身をあてがい、ぐっと体重をのせてきた。

「あ……っ」

目の前でチカチカと火花が弾《はじ》け、快楽をくみ取る神経の粒《つぶ》をくまなくこすりあげられるような刺激に、夏生はまた軽くいってしまった。

「やぁ……あっあ……」

「すご……。夏生の中、めちゃくちゃビクビクしてる」

夏生の背中に覆《おお》いかぶさった洸史郎が、何かに耐えるように、息を殺しながら言う。

「……こ…しろうが、グイってするから……あ……」

「夏生……たまんない……めっちゃやらしくてかわいい……」

室内は肌寒いのに、二人は汗だくだった。洸史郎の汗のしずくが夏生の背中にポタポタと滴《したた》る。その刺激にすら感じてしまうほど敏感になった身体に、洸史郎は更に貪欲《どんよく》な刺激を加えてくる。

何度も絶頂を極めて濡れそぼった先端を指でくじられ、敏感に立ち上がった胸の突端を手の

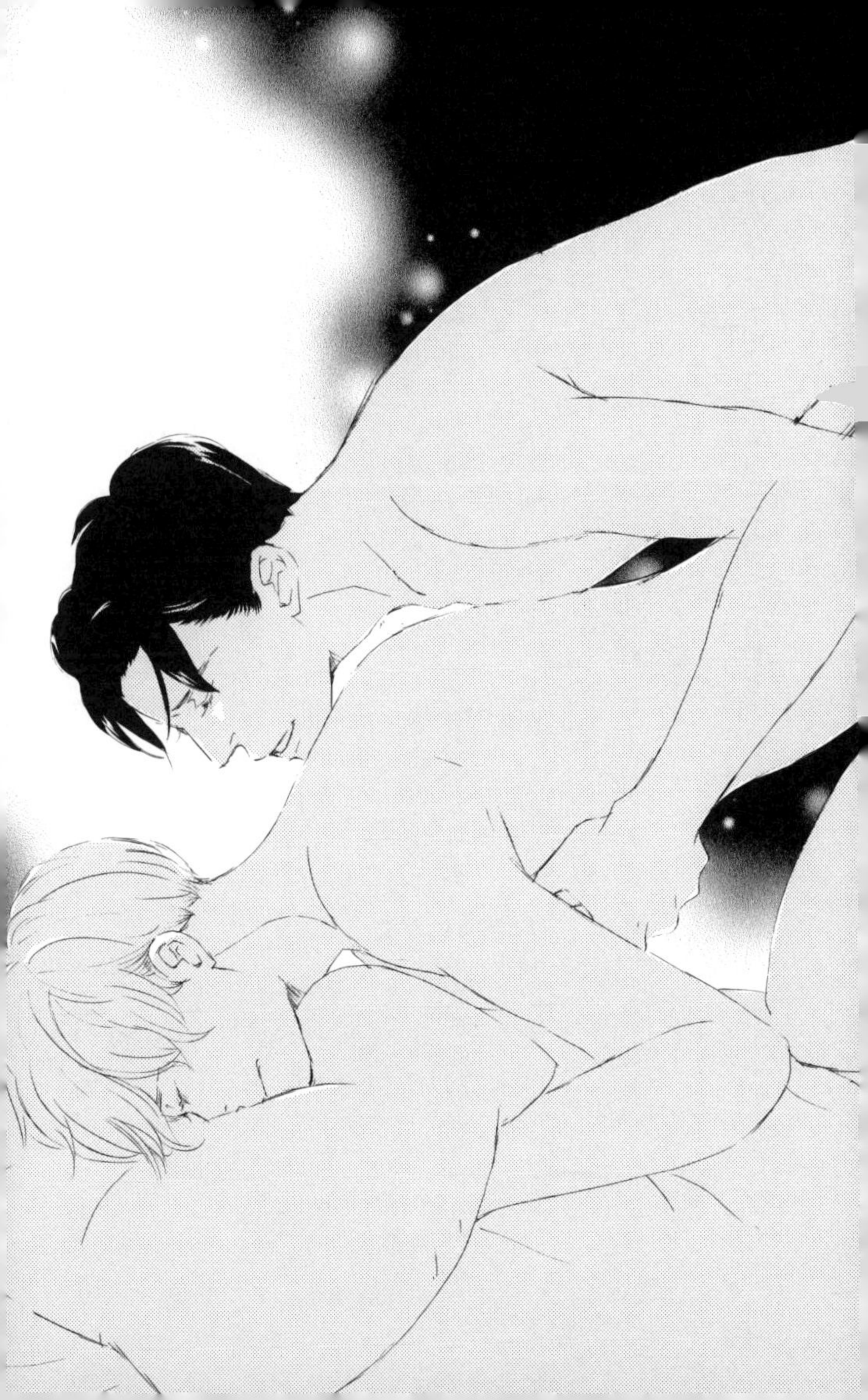

ひらで転がされて、夏生は洸史郎の匂いがする寝具に顔を埋《うず》めて声をかみ殺しながら、身悶えた。

「やっ……、そんなに全部いちどにいじったら、死ぬから……ぁ……」

「だって、ずっと夢だった。夏生の全部を俺のものにするのが」

うなじに口づけしながら、洸史郎は感極まったように言う。

「ずっと、ずっと、夏生のこと欲しくて、でも手に入らないものだって思ってた」

「……洸史郎」

「夢みたい、夏生とこんなの……」

ぐっと更に奥まで自身を埋めながら、洸史郎が甘い吐息を漏らした。

こんなドロドロに淫猥《いんわい》な情事に耽《ふけ》りながら、夏生の脳内にはまだいたいけな洸史郎と自分の姿がよみがえった。

ひらがなしか書けず、一桁《けた》の足し算がやっとだったあの頃。脳内の二人は少しずつ成長し、中学の詰襟《つめえり》の制服から高校のブレザーの制服へと変遷《へんせん》を遂《と》げていく。

洸史郎の中でも、もしかしたらこんな走馬灯が繰り広げられているのかもしれない。

「夏生……夏生……」

「あっ……ぁ……や、そこ…でちゃう……から……」

熱に浮かされたように夏生の名を呼んで快楽を穿《うが》ってくる洸史郎に、半泣きで喘《あえ》がされながら、底なしの情愛のようなものが湧き上がってくる。

好きでいてくれて、ありがとう。こんなに欲しがってくれて、ありがとう、みたいな、巨大な綿菓子のような幸福感。

とはいえ、初心者の夏生には、いささか刺激が強すぎた。

夏生を穿つ洸史郎のピッチがあがり、やがてひときわ膨れ上がって夏生の内で弾けたときには、過ぎた快感と酸欠で、夏生はしばし意識を飛ばした。

ようやく我に返ったのは、頬にヒヤッと冷たさを感じたせいだった。

洸史郎がミネラルウォーターのペットボトルを手に、心配そうに夏生を見下ろしていた。

「大丈夫そう？」

夏生がきまり悪く目を泳がせると、洸史郎は眼鏡を手渡してくれた。

「ちゃんと洗っておいたから」

「あ……ありがとう」

「こちらこそありがとう。めちゃくちゃよかった」

そんなことをシレっと言えるなんて、このタラシめが。

洸史郎はミネラルウォーターのキャップを開けて、一口飲んでから夏生に勧めてきた。

間接キス。

……なんて初々《ういうい》しくときめいてる場合じゃない。最前の我を忘れた痴態《ちたい》を思い出して頬がかっかと熱くなるのを感じながら、夏生は眼鏡で視界にベールを一枚かけて、ミネラルウォーターを口に運んだ。

洸史郎はすでに下着とTシャツを身に着けていたが、夏生はまだ全裸だった。どのタイミングで毛布から這《は》い出《だ》して服を着るべきなのか……と、恋愛初心者らしいぎこちなさで機会を窺っていると、ベッドに腰かけて洸史郎が朗らかに言った。

「で、最中にいいネタは拾えた？」

夏生はミネラルウォーターを噴き出した。

「……っ、それどころじゃなかったよ」

実際、最中はすっかり忘れていた。

そして、いざことに臨んでみれば、そんな悩みは杞憂《きゆう》だった。

官能小説は畑違いということもあるけれど、それ以上に、洸史郎との愛の時間は夏生の筆力で表現できるレベルの感覚ではなかった。

えー、と洸史郎は不満げに言って、毛布をはぐってきた。

「じゃあ、あらためて二人でネタを生み出そうよ」

「え、無理無理、今はもう絶対無理だから！」

冗談めかす洸史郎に本気で怯《おび》えてみせながら、そうだよ、洸史郎はこういう男だよ、と思う。

ドン引きされるんじゃないかと怯えていたけど、平口の言う通りむしろ喜んで協力してくれる、そんな懐《ふところ》の深い男。

二人の時間をネタにしてしまうのではという怯えは霧散《むさん》していた。もし作家の性《さが》が発動してネタにしてしまうとしたら、むしろ小説が書けなくなるかもしれないと感じたときの狼狽《ろうばい》とか、誤解されたときの焦りとか、そっちの方だと思う。

「あ」

突然、詰まっていた展開が閃《ひらめ》いた。

「ねえ、主人公がスランプに陥《おちい》って、急にお菓子作りができなくなるっていう展開はどう？」

「え、ここで突然お仕事モード？」

苦笑いしながらも洸史郎は頷いた。

「いいんじゃない？　腕を見込まれて老舗《しにせ》菓子店に婿《むこ》入りが決まったパティシエが、急に菓子作りができなくなるっていうのは、なかなかインパクトのある展開だと思う」

パーッと物語が降りてきて、夏生はベッドから立ち上がろうと身を起こした。

だが激しく愛し合いすぎたのか、腰に力が入らず、ベッドの下に転落した。

「夏生！　大丈夫？」

「大丈夫大丈夫」

夏生は床から下着を拾ってあたふたと身に着けた。

いやこれ、恋人の前で服を脱ぐより、むしろ全裸から服を着るところを見られている方が恥ずかしいというのも、新発見。

「忘れないうちに書いておかないと……」

余韻もなにもなく部屋に戻ろうと這い出すと、洸史郎に腕を摑まれ取り押さえられた。

「そんなヨタヨタでどこ行く気だよ。俺のパソコン使えばいいだろ」

洸史郎は夏生をひょいと抱き上げると、ベッドの上にそっと戻した。

おおおお、お姫様抱っこ！

さっきあんなすごいことをしたのに、間接キスにもお姫様抱っこにもこんなに新鮮にドキドキできる自分ってなんなんだ。

そんなことを思いながらベッドに神妙に座っていると、洸史郎が起動したノートパソコンを膝にのせてくれた。

「はい、どうぞ。俺がいると邪魔なら、どこか行ってようか？」

一人きりでないと書けなかったのは事実だったが、家主を追い出すなんてとんでもないし、さっきの今で離れがたかったし、それに一線を越える行為で一体感が生まれたせいか、洸史郎がいても全然大丈夫な感じがした。

「平気だから、ここにいて。なんなら昼寝でもしてて。洸史郎のターンになったら起こすから」

「わかった。じゃあ、俺のこと背もたれにしていいから」

洸史郎は夏生に背中を向けて、タブレットを手にベッドにごろりと横たわり、夏生はその背に身を預けて、脳内に降りてきたアイデアを一気に文字に起こしていった。

事後にいきなり原稿なんて色々な意味でどうかと思ったが、デトックスとでもいうのか、身体はヘロヘロだけれど、頭はやけにクリアで、ここしばらくいくら考えても進まなかった原稿が一気に進んだ。

洸史郎が微妙に身体の角度を変えたりするたびに、洸史郎とくっついていることを思い出し、先ほどの濃厚なひとときが脳裏をよぎって一瞬ほわっとなったが、それで集中が途切れるということはなく、むしろくっついた部分から伝わるあたたかさに安心感を覚えた。

きりのいいところまで一気に書いて、一度冒頭から読み返していると、洸史郎が背後から声をかけてきた。

「大丈夫か？　あまり根詰めすぎるなよ」

「平気だよ。とりあえずざっくり書けたから」

「早いな？」

洸史郎は身を起こすと、両膝の間に夏生を挟《はさ》み込《こ》むような態勢で背後からパソコンを覗き込んできた。

「ちゃんと俺とのあれこれも織り込んでくれた？」

「だから、それはないって言っただろ」

きまり悪いので洸史郎のからかいをつっけんどんにかわしてみせたが、完全否定できない部分があるのも事実。

「……そっち方面のあれこれは織り込んでないけど、違うあれこれは織り込んでるかも」

「なんのあれこれ?」

「スランプのくだりとか、ここらへんの自己嫌悪の部分とか」

リアルな自分と重ねた部分に画面をスクロールしてみせると、洸史郎は夏生の肩に顎をのせてテキストを目で追い、何度か頷いた。

「すごくいいよ。共感を呼ぶと思う」

「結局、日常から得た感覚でしか書けないっていうのが、俺の限界なんだよな」

自虐《じぎゃく》気味に言うと、洸史郎はテキストから夏生に視線を移した。

「それのどこが悪いの? むしろセールスポイントじゃない?」

「書けるものの幅《はば》が限られちゃうだろ。自分の感覚で把握《はあく》できるものしか書けなかったら、殺人鬼とかSFとか書けないし」

「殺人鬼とかSFとか書きたいわけ?」

夏生は「うーん」と考えた。

「そうでもない」

耳元で洸史郎が噴き出す。

「じゃあいいじゃん。自分の手の届く範囲のことを掘り下げていけば。その普遍性《ふへんせい》が夏生の魅力なんだから」

ものすごくあたりまえのことに、いまさらながら納得する。

まったくその通りで、結局、自分にはそれしかできないのだ。

小説を書き始めたきっかけが洸史郎への恋心だったことが、夏生にはずっとモヤっと後ろめたかった。なんとなく商業作家として軌道《きどう》にのってしまい、これでいいのかと自問しながらずるずるとここまで来てしまった。

でも、いいも悪いもない。だってこれしかできないのだから。

具体的に起こった物事を描写するのではなく、そのときに感じた感情のひだをすくいあげて紡《つむ》いでいく。自分が感じた不安や緊張、喜びや滑稽《こっけい》さを物語に織り込んで、こんなことでオロオロするのは自分だけかもしれないと不安を感じていたことに、思いがけず読者が共感してくれると、数学の証明問題が解けたときのような昂揚感《こうようかん》があった。

「……そうだな。もうこれでいけるところまでいくしかないよな」

「うん。いけるところまでいこう?」

意味深な響きで言って、洸史郎が夏生の耳の下に口づけてきた。

敏感な部分を吸われて、先ほど初めての快感を教え込まれた場所が、きゅっとすぼまり疼痛《とうつう》を覚える。

「ちょっ……待って待って、そっち系はもういけるところまでいきつくしたから!」

「ピロートーク足りてないでしょ。夏生が突然原稿書き始めたから、不完全燃焼だよ」

「わあっ！」

ノートパソコンをベッドの端に追いやって、洸史郎は夏生を再びシーツの海に沈《しず》める。

「なにもしないよ。ただ感動に浸《ひた》りたいだけ」

ぎゅうぎゅう抱きしめられると、今までとは違う疼《うず》きが、いろんな場所から湧き上がる。

愛し合うってこういうことかという感慨《かんがい》が、夏生を包み込む。

片想いのときにしか感じられない甘酸っぱさがあったように、身も心も結ばれたときにしか味わえない昂揚感があるということ。

すごく大人な時間だな、と思う。その一方で、幼いころに戻ったようなあたたかさや安らぎも覚えた。

大きな腕のぬくもりに包まれながら、夏生はそっと口を開いた。

「ねえ、洸史郎、転勤のことだけど」

「うん？」

「俺も一緒に行こうかな、大阪《おおさか》」

「え？」

洸史郎ががばっと顔を起こした。

「洸史郎の上司の人の言う通り、小説はどこにいても書けるし、期間限定で別の場所に住めるのも面白そうだよね」

洸史郎は目を輝かせた。

「一緒に暮らしてくれるってこと?」

「よろしくお願いします」

「夏生！　どうしよう、嬉しくてまた抱きたくなった」

「だからもう無理だってば……あっ、ちょっと……」

狭いベッドの上でばかみたいに戯れ合いながら、夏生はまた果てのない昂揚へといざなわれていく。


恋愛小説なら、ちょうどいいところでめでたしめでたしのピリオドを打てるけれど、現実の恋はきっとそう簡単にはいかない。

盛り上がって大阪に引っ越しても、想定外のことだって起こるだろう。両想いの昂揚感が一生続くわけじゃないし、曇りの日も嵐の日もあるだろう。

きっと凝《こ》りもせずにつまらないことで落ち込んで、誤解を生んだり揉めたりしながら、藤の花や、塩素の匂いや、コロッケパンなどの忘れられない記憶に、たとえばこうして初めての日に洸史郎のベッドから見上げたカレンダーの図柄の記憶が追加されたりしていくに違いない。

そんな日常を、人生を、恋を、仕事を、愛おしんで生きていけたらいいなと、夏生は思った。

あとがき

AFTERWORD

―月村　奎―


こんにちは。お元気でお過ごしですか。

一年ぶりの新刊、お手に取ってくださってありがとうございます。

今作では再び木下《きのした》けい子《こ》先生にイラストをご担当いただけるということで、執筆中も脳内で木下先生祭りを開催しながら、わくわく楽しんで書きました。いただいたイラストは祭りの最中に思い描いた以上の素敵さで、ほわほわかわいい夏生《かお》と、かっこよさの中に憂《うれ》いを含んだ洸史郎《こうしろう》を、小躍《こおど》りしながら（祭りつながりで）拝見しました。作中の久保田《くぼた》さんさながらに「タイプの違う幼馴染みコンビ、萌えます！」と身悶《みもだ》えまくりでした。

木下先生、今回もあたたかく愛おしいイラストを、本当にありがとうございます！

さて、作中にパティシエが登場することにからめまして（相当強引な話の展開ですが）皆様のお宅ではオーブンレンジをお使いでしょうか？

私はオーブンを使ったあと、粗熱《あらねつ》が取れるまで天板を庫内に入れたままにして忘れがちで、この間は牛乳を温めるためにレンジにカップを入れようとしたら、レンジのど真ん中に入っていた天板にカップを思いきりぶつけて割ってしまい、カップの破片と飛び散った牛乳にまみれて呆然《ぼうぜん》となりました。

その後は細心の注意を払うようになり、先日はレンチン前に午前中に使った天板が入っているのをしっかり確認し、同じ轍《てつ》を二度踏んだりはしないぜと、意気揚々《ようよう》と片手で天板を引き抜きました。そしたらなんと、天板にはチーズケーキを蒸し焼きにするための水が満々と張ってあって、消毒して気持ちよく乾かした布巾《ふきん》が並んだ布巾かけにそれを全部ぶちまけてしまいました……。衝撃のあまり反対の手に持っていた牛乳も全部足の上にぶちまけました……。

正直、これってオーブンレンジあるあるなんじゃないかと思っていたのですが、誰に話しても一切共感を得られず……。

皆様の中で似たような経験をされた方はいらっしゃらないでしょうか？　もしいらっしゃいましたら、傷をなめ合わせていただいた上で、記念品を贈呈《ぞうてい》させていただきたいです。

もちろんそんな経験はなくても、本作のご感想やご意見、皆様の日常のあれこれなどお便りいただけたら大変嬉しいです。皆様が貴重なお時間とお手間をかけて送ってくださる尊いお手紙は、どんな栄養剤よりも強力な元気薬です。

匿名《とくめい》だったり、ご住所が不明だったりして、返信をお送りできないこともありますが、お手紙はもちろん雑誌へのコメントもすべて拝見しております。本当にありがとうございます！

いつの日かわずかでも何かをお返しできるように、いましばらくこの場所で、楽しみながら頑張っていけたらと思います。

ではでは、またお目にかかれますように。

Afterword

萌々きゅんきゅんで
描かせていただきました
こんなポーズで撮ったけっ
フフフフフ…
とっても
楽しかったです
ありがとうございました
木下けい子
二人が描く愛のかたち

この本を読んでのご意見、ご感想などをお寄せください。
月村 奎先生・木下けい子先生へのはげましのおたよりもお待ちしております。

〒113-0024　東京都文京区西片2-19-18　新書館
[編集部へのご意見・ご感想] 小説ディアプラス編集部
「恋愛小説家は恋が不得意」係
[先生方へのおたより] 小説ディアプラス編集部気付　〇〇先生

- 初出 -
恋愛小説家は恋が不得意：小説DEAR+22年アキ号（vol.87）
恋は恋愛小説家には不向き？：書き下ろし

[れんあいしょうせつかはこいがふとくい]
恋愛小説家は恋が不得意

著者：月村 奎 つきむら・けい

初版発行：2023年10月25日

発行所：株式会社 新書館
[編集] 〒113-0024
東京都文京区西片2-19-18　電話（03）3811-2631
[営業] 〒174-0043
東京都板橋区坂下1-22-14　電話（03）5970-3840
[URL] https://www.shinshokan.co.jp/

印刷・製本：株式会社 光邦

ISBN978-4-403-52585-8

月村　奎の本＆ドラマCD

ディアプラス文庫

believe in you
イラスト：佐久間智代

Spring has come!
イラスト：南野ましろ

step by step
イラスト：依田沙江美

もうひとつのドア
イラスト：黒江ノリコ

秋霖高校第二寮　全3巻
イラスト：二宮悦巳

エンドレス・ゲーム
イラスト：金ひかる

エッグスタンド
イラスト：二宮悦巳

きみの処方箋
イラスト：鈴木有布子

家賃
イラスト：松本 花

WISH
イラスト：橋本あおい

ビター・スイート・レシピ
イラスト：佐倉ハイジ

秋霖高校第二寮リターンズ　全3巻
イラスト：二宮悦巳

レジーデージー
イラスト：依田沙江美

CHERRY
イラスト：木下けい子

恋を知る
イラスト：金ひかる

おとなり
イラスト：陵クミコ

ブレッド・ウィナー
イラスト：木下けい子

すき
イラスト：麻々原絵里依

恋愛☆コンプレックス
イラスト：陵クミコ

不器用なテレパシー
イラスト：高星麻子

嫌よ嫌よも好きのうち?
イラスト：小椋ムク

teenage blue
イラスト：宝井理人

50番目のファーストラブ
イラスト：高久尚子

恋する臆病者
イラスト：小椋ムク

すみれびより
イラスト：草間さかえ

Release
イラスト：松尾マアタ

遠回りする恋心
イラスト：真生るいす

恋は甘くない？
イラスト：松尾マアタ

ずっとここできみと
イラスト：竹美家らら

それは運命の恋だから
イラスト：橋本あおい

ボナペティ！
イラスト：木下けい子

耳から恋に落ちていく
イラスト：志水ゆき

恋の恥はかき捨て
イラスト：左京亜也

もう恋なんてする気はなかった
イラスト：竹美家らら

恋愛小説家は恋が不得意
イラスト：木下けい子

ディアプラス・コミックス

王子（アイドル）禁制
原作：月村奎　作画：麻生海

DEAR+CD COLLECTION

CHERRY
原作：月村奎　イラスト：木下けい子
Cast／直希：鈴木達央
阿倍：前野智昭　ほか